Ch'ayemal nich'nabiletik

———

Los hijos errantes

———

The Errant Children

SUNY series, Trans-Indigenous Decolonial Critiques
—————
Arturo Arias, editor

Ch'ayemal nich'nabiletik

Los hijos errantes

The Errant Children

A Trilingual Edition

MIKEL RUIZ

Translated by
SEAN S. SELL

**SUNY
PRESS**

Cover: Fernanda Saavedra, "Errante" (2022), charcoal and pastel on paper.

Published by State University of New York Press, Albany

Ch'ayemal nich'nabiletik / Los hijos errantes © 2014 Mikel Ruiz

First published by Consejo Estatal para las Culturas y las Artes de Chiapas: Centro Estatal de Lenguas, Arte y Literatura Indígenas, Tuxtla Gutiérrez, Chiapas, México

English translation © 2023 Sean Sell

All rights reserved

Printed in the United States of America

No part of this book may be used or reproduced in any manner whatsoever without written permission. No part of this book may be stored in a retrieval system or transmitted in any form or by any means including electronic, electrostatic, magnetic tape, mechanical, photocopying, recording, or otherwise without the prior permission in writing of the publisher.

For information, contact State University of New York Press, Albany, NY
www.sunypress.edu

Library of Congress Cataloging-in-Publication Data

Names: Ruiz, Mikel, author | Sell, Sean S., translator
Title: Ch'ayemal nich'nabiletik / los hijos errantes / the errant children : a trilingual edition
Description: Albany : State University of New York Press, [2023] | Series: SUNY series, trans-Indigenous decolonial critiques | Includes bibliographical references.
Identifiers: ISBN 9781438492964 (hardcover : alk. paper) | ISBN 9781438492988 (ebook) | ISBN 9781438492971 (pbk. : alk. paper)
Further information is available at the Library of Congress.

10 9 8 7 6 5 4 3 2 1

Contents

Introduction   vii
    Sean S. Sell

Foreword to the Original Edition
    Ch'ayemal nich'nabiletik: bijil ts'ibajel mu'yuk yelanil   xvii
    Los hijos errantes: literatura sin adjetivos   xxiii
    The Errant Children: Literature without Adjectives   xxix
       Alejandro Aldana Sellschopp
       English translation by Sean S. Sell

Ch'ayemal nich'nabiletik   1

Los hijos errantes   39

The Errant Children   77

Afterword: The Function of Racism in Colonialized Spaces   115
    Arturo Arias

Introduction

SEAN S. SELL

Somewhat by accident, Mikel Ruiz wrote the first Tsotsil novel. As a child he did not dream of becoming a writer, or think of himself as a promoter of his Indigenous heritage. Yet he has become a respected author and scholar, published in Mexico, Guatemala, Peru, and the United States, so far. His academic works explore how other Indigenous Chiapas writers like Nicolás Huet Bautista, Ruperta Bautista Vázquez, and Josías López Gómez bring a Maya perspective into their stories and poetry, something he does as well. Though all these writers explore the place of the Indigenous cosmovision in a changing world, Ruiz may go further than any other, so far, in confronting neocolonialism's invasion into Indigenous minds, an invasion that requires no actual human invaders to cause destruction. At the same time, Ruiz shows how this invasion can be aided by acts of Indigenous people themselves.

Ruiz perhaps narrowly escaped becoming an example of an Indigenous person who abandoned his heritage. As might befit a Western story of individualistic self-realization, he says that his father expected him, the first-born son, to take over the family business. His father sold cosmetics in various communities far from Chicumtantic, where the family lived, and he owned pickup trucks and employed others in the project. Yet Ruiz had no interest in being one of his father's drivers or taking over the business someday, so at the age of sixteen he planned to join a group heading for the United States. A family friend was organizing the trip, and several friends and relatives were included. Mikel felt the sense of possibility. He had saved the required money and was ready to go, when his father told him the group was full. Frustrated and angry, Mikel decided if he would not join the great journey, he would at least take a smaller one. As some of his other friends were doing, Mikel took an exam for a preparatory school, and he passed. The school was in the city of San Cristóbal de las Casas, Chiapas's former colonial capital and current cultural center about fifty miles (eighty kilometers) from Chicumtantic. At the age of sixteen he left his family's house to live in the city, with no intention to return. He didn't tell his father.

Yet he still felt part of him was with his friends heading for the US. This sense, and the stories he heard later from those who returned, would inform his short story "En medio del desierto," published in 2011. Considering the horrific events in that tale, Ruiz might be pleased he was excluded, but his strong sense of connection to the idea leads him to call the story's narrator Mateo "mi otro yo" (my other I).[1] In this respect, it is curious that Mateo as narrator recalls telling his father, "Don't worry, I'll go far away to earn money, this place isn't any good, there's no good work, my studies don't get me work in the city, don't think about them . . . what for, better I go away, to see what I can do" ("In the Middle" 141).

Mikel's studies did get him something, though living on his own in the city was definitely a challenge. Three days after he left his village, his father came looking. He asked Mikel why he never told him he wanted to study. "En el medio de la calle, los dos lloramos," Mikel says—"In the middle of the street, we both cried." Eventually his father said, "Hazlo, pero sin mí"—"Do it, but without me." Mikel felt destroyed, as if dead. They didn't talk again for three years. By then, Mikel had graduated from the *preparatoria* and begun studying at the Autonomous University of Chiapas in Tuxtla–Gutiérrez.

His mother, on the other hand, supported him in all his decisions, "aunque de manera silenciosa, pues nunca se las platiqué abiertamente"—"although silently, because I never discussed them openly." When he left with his father that early morning, knowing he would not be returning with him, he told his mother about being accepted to the school, and she simply told him to take care of himself.

He still didn't plan to write literature—in fact, he says he did not know what literature was, and had no particular interest in Indigenous literature. But he took a class with a Zoque professor (the Zoque are the largest non-Maya Indigenous population in Chiapas), and it lit a spark. The professor was working on a project examining how the 1982 eruption of the Chichón volcano in Zoque territory (northern Chiapas) affected people in the area. Since some Tsotsils also live in the region, he asked Mikel to conduct interviews, in Tsotsil, for class credit. This led Mikel back to his own heritage, as one Tsotsil person he knew from the area was his own great-grandfather on his mother's side, a *curandero*. Regarding this relative, who died in 2019 at the believed age of 108, Ruiz says, "My great-grandfather always expressed his support for my activities, my travels, and he told me, the few times we spoke, that I had not traveled to such distant places without the company of his prayers, his spells, the shelter of the warmth of his words." Thus Ruiz learned stories from the oral tradition of his own family, stories that he transcribed in Tsotsil and translated into Spanish.

As this project was finishing, two things happened that led Mikel toward becoming a writer. His professor told him about the Centro Estatal de Lenguas, Arte y Literatura Indígenas (CELALI,

State Center for Indigenous Languages, Art, and Literature) in San Cristóbal. This agency was offering courses in creative writing and publishing bilingual books. About the same time, a group of Indigenous poets visited the university, and Mikel was impressed to see them reciting their Indigenous language poetry. He talked with them afterward, and they also encouraged him to connect with CELALI. He did, and the story "Ta o'lol takin osil, En medio del desierto" (In the middle of the desert) from his courses with CELALI is included in the book *Ma'yuk sti'ilal xch'inch'unel k'inal / Silencio sin frontera* (2011), published in English as *Chiapas Maya Awakening: Contemporary Poems and Short Stories* (2017).

Like many university graduates, Mikel spent some time trying to determine his next course in life. He calls it a dramatic period. He had married in 2005, shortly after turning twenty, and was now going through a divorce. He returned to his community with a one-year cargo position, part of the traditional Indigenous governing system. His cargo involved the education of young children. This began in September of 2011, and in a bittersweet turn of events, Mikel's father, with whom he had completely reconciled, died from complications of diabetes in November of that year. It was during this time that Mikel completed his first draft of *Ch'ayemal nich'nabiletik / Los hijos errantes*, helped by a grant from Fondo Nacional para la Cultura y las Artes (FONCA, National Fund for Culture and the Arts). As his cargo position was coming to an end in 2012, he would have no job, no father, no wife, and no new grant. He decided to pursue a master's degree, and with a grant from Programa de Becas de Posgrado para Indígenas / Consejo Nacional de Ciencia y Tecnología (Program of Grants for Indigenous Postgraduates / National Council of Science and Technology) to promote Indigenous scholars, he connected with the Austral University of Chile and Professor Claudia Rodríguez Monarca, who specializes in Mapuche culture and poetry. He would complete his master's at this university.

He did not write about the Mapuche, but he studied South American scholars such as Antonio Cornejo Polar, Carlos García-Bedoya, and Boaventura de Sousa Santos, and their publications on Indigenous people in South America informed his interpretations of Indigenous people in Chiapas, like himself. For his thesis he examined ideas from such scholars, along with Chiapas scholars whom he knew personally, like Manuel Bolom Pale, Miguel Sánchez Álvarez, and José Antonio Reyes Matamoros, to explore how Indigenous literature can both follow and challenge literary conventions. He states, "El indígena problematiza su propio mundo desde su lugar de enunciación, desde su visión y experiencia, capaz de presentar su propia mirada interna, compleja e inaccesible para los escritores formados desde otra mirada y pensamiento" (*El Lekil kuxlejal* 20; The Indigenous problematize their own world from their place of enunciation, from their vision and experience, capable of presenting their own internal gaze, complex and inaccessible to writers trained from another perspective and thought). Ruiz then examines how Nicolás Huet Bautista does this in his 2001 story "La última muerte." Huet's characters are all Tsotsils, yet Ruiz explores conflicts between those who remain true to the traditional way of life and those who, perhaps unknowingly, embrace the ideals of the colonizers. To do this Ruiz examines the Tsotsil phrase *lekil kuxlejal*, which he translates to Spanish as *buen vivir*, more or less "good living," though he emphasizes that it is more complex than those two simple words would suggest, and that understanding it, or even describing it, from outside the Tsotsil and Tseltal language, "desde el otro lado de la línea" as he puts it (37; from the other side of the line), is particularly challenging. Yet he endeavors to explain it in Spanish. A key to *lekil kuxlejal* is an understanding of *ch'ulel*, a concept similar to, and sometimes translated as, "soul" or "spirit," yet with specific notions that differ from Western notions of those concepts. For one, animals, plants, and some objects have *ch'ulel* in the Indigenous cosmovision, and humans must realize and respect this—we must have "la capacidad de respetar la existencia de otros y de lo que rodea al sujeto. No basta saber que otros existen, sino que se necesita respetar su existencia" (47; the capacity to respect the existence of others and of that which surrounds the subject. It is not enough to know that others exist, rather it is necessary to respect their existence). Some of Huet's characters fail in this regard, and therefore Ruiz would say they have lost their *ch'ulel*. This can happen, Ruiz explains, "por un mínimo error, una falta, . . . se pierde, y si no se hace nada para rescatarlo también se pierde el respeto o la vida" (45; through a small error, a lapse, . . . it is lost, and if one does nothing to recover it, one can also lose respect or life).

These same ideas inform Ruiz's own fiction writing. Although he had completed a draft of *Los hijos errantes* before starting his master's program, his studies of the *ch'ulel* in Huet's story led him to emphasize it further as he revised his work, considering how his characters' choices affected their identities. The idea of losing *ch'ulel* recurs frequently in *Los hijos errantes*—"¿dónde quedó tu *ch'ulel* que actúas así?" a mother asks her son at one point—"Where is your *ch'ulel*, that you act this way?" (104, this volume). Indeed, "Where is your *ch'ulel*" could be an apt title for the novel: What happens to one's ontological status when they abandon the balance within the Indigenous way of living, the *lekil kuxlejal*, and succumb to the lure of voracious neocolonial materialism? How does this fragment the nucleus of family, community, and polis that had managed to persist among some Indigenous people? In Chile, studying international scholars, Ruiz became more intent on recalling the importance of *ch'ulel* in his own upbringing and education, and thus foregrounding it in his work.

He also sought to avoid idealizing the Indigenous. Though the characters are subject to corrupting influences from the world beyond, they make their own choices. As Alejandro Aldana Sellschopp says in his 2014 introduction:

Mikel logra formar personajes complejos, matizados, en su mundo no cabe el maniqueismo, la visión del mestizo malvado y el indígena bueno, no le interesa, es más, la niega, establece una relación crítica con esa forma de entender la relación entre indígenas y mestizos. En Ignacio podemos observar una profunda confusión, un error constante, el hombre convertido en duda. (xxvi, this volume)

Mikel manages to form complete, nuanced characters; in his world Manicheism does not fit, the vision of the evil Mestizo and the good Indigenous does not interest him, moreover he denies it, thus establishing a critical understanding of relations among Indigenous and Mestizos. In Ignacio we may observe a profound confusion, always erring, the man converted into doubt. (xxxii, this volume)

This is the same kind of doubt that Indigenous Americans have faced since Europeans arrived and started calling them Indians—how much should they embrace this new culture that seems infinitely powerful, and how much should they seek to preserve the Indigenous traditions that have sustained them through the centuries? Ruiz's characters in *Los hijos errantes* generally fail to navigate these questions effectively. They embrace colonial influence, whether it be religion, alcohol, greed, or commodified lust, and in so doing damage themselves and others. Pedro Ton Tsepente' has a position in his village's traditional Indigenous council, but rather than just taking a few drinks of pox to lift his spirits as part of the ceremony, he becomes an alcoholic, subject to blackouts and delirium tremens. His wife Pascuala tries to solve this problem, not through any traditional healing, but by raging at her crucifix, asking God to step in and solve it for her. Their neighbor, seventeen-year-old Ignacio, is learning about gender relations by watching television shows where the beautiful women are lighter skinned, and learning about sex by watching pornography. This leads to his making disastrous choices. Ruiz presents various and often unstable narrative perspectives to tell the stories of these characters who stray from *lekil kuxlejal*. One might posit that it would be better if they turned their back on the encroaching changes and embraced a wholly traditional life. But this is not possible. Even the Zapatistas, who firmly reject the neoliberal forces that would take away their land for whatever resource extraction might best satisfy capitalism's latest relentless urge, even they remain engaged with the outside world and open to changes, provided the changes align with their foundational ideals. Can Indigenous people engage with the world without being corrupted by it?

Mikel Ruiz himself engages with the world beyond his Indigenous community while remaining focused on the culture he knows. He currently lives in San Cristóbal, and in 2021 his second novel, *La ira de los murciélagos* (The wrath of the bats), was published. He has completed a third, and in September 2021 he became a member of the Sistema Nacional de Creadores de Arte de México, with a grant to write three more books. That year he also conducted the Jacinto Arias writing workshop, coordinated by Unidad de Escritores Maya-Zoque A.C. (UNEMAZ), to teach narrative fiction to young Tsotsil and Tseltal writers. This culminated in the November publication of the anthology *Sk'op bolom, Sk'op choj / Palabra de jaguar, Vol. II* (Word of the jaguar). Near the end of the year, Ruiz completed his PhD program at Centro de Estudios Superiores de México y Centroamérica (CESMECA). His doctoral thesis "Variaciones de la memoria autobiográfica en la narrativa de Josías López Gómez" (Variations in autobiographical memory in the narrative of Josías López Gómez) explores that Tseltal author's story collections *Sakubel k'inal jachwinik / La aurora lacandona* (2005, The Lacondon dawn), *Spisil k'atbuj / Todo cambió* (2008, Everything changed), and *Sbolilal k'inal / Lacra del tiempo* (2013,

Scourge of time), and his novel *Te'eltik ants / Mujer de la montaña* (2011, Woman of the mountain). Ruiz sees López Gómez's realistic, Chiapas-based fiction as a form of autobiographical narrative, where invention steps in to fill memory's lapses and style helps the author use his personal past to re-create the culture. Ruiz acknowledges that his own work does this as well. A writer cannot be objective, cannot separate himself from the world in which he writes. And if the creative writer is also a scholar, he cannot separate the world of his creation from the subjects of his studies.

The view of the Indigenous world in *Los hijos errantes* is a harsh one. Other Indigenous Chiapas writers such as the aforementioned Josías López Gómez, Nicolás Huet Bautista, and Ruperta Bautista Vázquez, as well as Diego Méndez Guzmán, Mikeas Sánchez, María Concepción Bautista Vázquez, and the members of theatrical collectives Lo'il Maxil and Fortaleza de la Mujer Maya, to name just a few, have created a variety of works that sometimes celebrate positive aspects of Indigenous life, sometimes lament the hardships Indigenous people face, and sometimes do both within one work. *Los hijos errantes*, as the title suggests, presents Indigenous people who bring hardships on themselves, though insidious outside influences hold powerful sway. Do not expect to be uplifted reading their stories, but do prepare to be astonished at the bold and unflinching view from this exciting young author.

Note

1. The details and quoted words about Mikel Ruiz's life come from our conversation of August 18, 2018.

Works Cited

López Gómez, Josías. *Sakubel k'inal jachwinik / La aurora lacandona*. Editorial Fray Bartolomé de las Casas, 2005.

———. *Sbololil k'inal / Lacra del tiempo.* Centro Estatal de Lenguas, Arte y Literatura Indígenas, 2013.

———. *Spisil k'atbuj / Todo cambió.* Libros del Rincón, 2008.

———. *Te'eltik ants / Mujer de la Montaña.* Centro Estatal de Lenguas, Arte y Literatura Indígenas, 2011.

Ruiz, Mikel. *Ch'ayemal nich'nabiletik, Los hijos errantes.* CONECULTA, 2014.

———. *La ira de los murciélagos.* Camelot América, 2021.

Ruiz Gómez, Miguel. *El Lekil kuxlejal (Buen vivir) y la heterogeneidad literaria. Dos categorías para leer el cuento maya tsotsil "La última muerte" de Nicolás Huet Bautista.* 2014. Austral Universidad de Chile, master's thesis.

———. "In the Middle of the Desert." *Chiapas Maya Awakening: Contemporary Poems and Short Stories,* edited by Sean S. Sell and Nicolás Huet Bautista, Oklahoma UP, 2017, pp. 139–147.

———. "Ta o'lol takin osil, En medio del desierto." *Ma'yuk sti'ilal xch'inch'unel k'inal / Silencio sin frontera,* Centro Estatal de Lenguas, Arte y Literatura Indígenas, 2011, pp. 119–147.

———. *Variaciones de la memoria autobiográfica en la narrativa de Josías López Gómez.* 2021. Universidad de Ciencias y Artes de Chiapas, PhD dissertation.

Sell, Sean S., and Nicolás Huet Bautista. *Chiapas Maya Awakening: Contemporary Poems and Short Stories.* Oklahoma UP, 2017.

Ch'ayemal nich'nabiletik

bijil ts'ibajel mu'yuk yelanil

ALEJANDRO ALDANA SELLSCHOPP

— *Ta Sbiik Luz xchi'uk Emiliano* —

Li *Ch'ayemal nich'nabiletik* yu'un Mikel Ruiz li'e ta xak' kiltik jaybel cholbil lo'iletik, ti lek ta biiltasel bik'it cholbil lo'iletik; li taje, k'alal me jlabantik lek stekele, mu chopoluk me xkak'betik sbiin bik'it muk'ta cholbil lo'ile (*novela corta*). Sts'akbenal spoklej ti vune chak' kojtikintik k'u yelan tspas batel yan banomil li yutil nopbenal lo'ile. Sjalbenal xcholobile muxa xk'ot o lek k'uchal ti sbiinoj bats'i bijil ts'ibajel (*literatura indígena*), ja' ti ts'ibabil yu'un bats'il vinik antsetike, ak'o me ta bats'i k'op no'ox mi mo'oj xtoke jelubtasbil ta kaxlan k'op, jech k'uchal yaloj Carlos Montemayor ta *Los escritores indígenas actuales*. Me xkich'tik ta muk' li a'yejal taje xko'laj no'ox me mu'yuk lek nopbil xchi'uk tey no'ox chkom ta be ja' ti elanil *bats'ile* ja' snuptanoj slo'il pasob k'op, ma'uk chal ti sbijil yutsil sts'ibtael lo'ile. Slekil ti *Ch'ayemal nich'nabiletik* li'e ja' ti ma'uk no'ox tey chkom ta yelanil stuk'ubtasel ti bijil ts'ibajele. Ti sbik'it cholbil lo'iltak Mikele naka xa bijil ts'ibetik, mu xjelav mu xkom ta be, li yutsilal chk'ot ta sjol yo'nton ti buch'utik tsk'el tsk'oponike sna'ojik ti ma'uk *antropológico, folclórico,* oyotik ta yeloval jts'ibajom ti yu'un ta sa'be sbijil yutsil ti sts'ibe, ti jna'ojtik lek, chvu' yu'un li ta vun li'e. Bats'i vinik antsetik, ja' chkiltik ta yutil ti *Ch'ayemal nich'nabiletike,* tunesbilik xa uno'ox ta *siglo XIX.* Ti yan snopbenal pasob k'opetike laj yilik ti sk'an to'ox lok'eselik ta sme'onal xkuxlejalik ti bats'i vinik antsetike, yech'oxal lik vinajikuk ta bik'it cholbil lo'iletik xchi'uk muk'ta cholbil lo'iletik, ja' no'ox ti buch'utik jech laj sts'ibaike mu'yuk xnopajik lek ta yojtikinel smelolal stalel xkuxlejal ti jnaklometike, k'ajom no'ox laj xcha'tunesik ti a'yejal nopbil yu'un jkaxlanetike, yech'oxal ti vinik antsetik lok'ik ta vunetike xko'laj me bo'latetik,pochanetik, bats'i chonbolometik mu'yuk stunel sbijilalik.

Ti *Revolución mexicana* laj sa' spasel ta jkaxlan stekel ti jnaklometik ta sjunul Osilale, lik sk'elbe smelolal yo' xvinaj buy ch'ikajtik li bats'i vinik antsetike, yo' xvu' yu'une lik ta chanubtasvanej ta kaxlan k'op, snopben jpas letoetik, yu'un la ja' tsots stunel yo' xich' tael ti lekil kuxlejal ta kosilaltike; ja' tsk'anik ti x-och ta stunesel yan k'opetik xchi'uk xchanel stalelal yan jnaklometik yo' x-ich'atik ta muk'e. Lek jlabantik li ta Muk'ta cholbil lo'il yu'un Revolución taje ti bats'i vinik antsetike mu xvinajik, ak'o me epik li bats'i vinik ayik ta pas letoe, ja' Heriberto Frías buch'u laj xcholbe ya'yejal ti bats'i vinik antse; ja' no'ox mu'yuk sbiiltas jech, naka no'ox ts'ijil xojobaliletik.

Snopbenal ti *Revolución mexicana* ep jts'ibajometik joybijan yu'un ta yosilal sbanumilal bats'i vinik antsetike, tslabanik, chojtikinik ti parajeetike, chlo'ilaj xchi'ukik, chnopajik ta sna'el stalel xkuxlejalik, slo'il mol me'eletik xchi'uk yojtikinel xch'ielalik. Li bijil ts'ibajel taje ja' laj yelanin *indigenista,* ja' ti ts'ibtabil ta kaxlan k'ope, yabtel jkaxlanetik, ti naka no'ox tslabanik k'usitik lek chilik li ta sbanumilal bats'ivinik antsetike, ti bik'it xchi'uk muk'ta cholbil lo'iletike yich' tunesanel ta yalbel xchopolil yuts'intael ti bik'it jteklumetik ta yosilal *México.* Li jts'ibajometik buch'utik laj yabtelanik lek sbijil yutsilal sts'ibik xchi'uk laj slabanik xkuxlejal ti vinik antsetike ja'ik Francisco Rojas, Mauricio Magdaleno, Ramón Rubín, Rosario Castellanos xchi'uk Eraclio Zepeda. Ta xcholel slo'il ti Mikel Ruiz li'e tstunes parajeetik ta Chamula, xchi'uk naka chamo'etik ti buch'utik tik'ajtik ta k'opetike. Li Rosario Castellanos eke laj xa uno'ox sts'ibta sk'opik li chamo'etik ta smuk'ta cholbil lo'il *Oficio de tinieblas*, xchi'uk ta svun bik'it cholbil lo'iletik *Ciudad real*. Ta *El callado dolor de los tzotziles*, Ramón Rubín eke chak' ta ojtikinel sk'oplal stalel xchi'uk yuts'intael jvo' chamo' chlok' batel ta muk'ta lum, k'alal tey xa oye chlik sjel ti stalel xkuxlejale, ta sjalil to cha'sutal ta Chamula, ti ach' snopbenal sjol xchi'uk k'u yen nop ta ch'iele ch-och ta il xchi'uk yuts' yalaltak, xchi'iltak ta naklej. Xkaltik ti Mikel eke xko'laj yelan ti k'op ta snope; ja no'ox ti yan xchapbenale, Iknasyoe ja' jvo' kerem ti chnopaj batel ta yan lume, naka k'el antsetik ta pelikula yes jujun k'ak'al, chikta komel sk'elel xchob, tsk'an chk'ataj ya'i ta jkaxlan, tsjel ya'i xkuxlejal, yanuk xa o ya'i. Chlik xchan chopol k'opetik xchi'uk ta slabanel xchi'iltak k'uchal ti ba'yel jkaxlanetik ta stojolal chamo'etike, yaloj me ja' jech chvu' yu'un syanijesel xkuxlejal. Lok'el batel, ch'ayel xanvil ta muk'ta lum, ja' jech tsten ya'i ti xkuxlejale. Ja' jun bats'i vinik ti tstsules sba stuk ta yeloval jkaxlanetike, mechuk k'uchal B. Traven tstunes ti chamo' ta *La rebelión de los colgados*, ti buy tstsak ta leto yajval pinkaetik jun bats'i vinike, skoj slam ya'ik uts'intael ti bats'i vinik antsetik ta Chiapase. Mikele ma'uk chak'botik kiltik bijil tsatsal vinik, ja' slekil ti jpok vun *Ch'ayemal nich'nabiletike*, ti stsatsal ya'yej tslabane, ti sjamlej sbijil slo'iltael ti ch'ielal ta parajeetike; ti paraje chil ti Mikel Ruiz li'e ma'uk ti yu'un ja' xa jun yutsil buy xkuxet sjol yo'nton ti jnaklejetike, tslaban lek, ta xak' iluk xchi'uk slekil xchopolalik, nom tskomtsan ti k'u yelan nopbil stalelal ti bats'i vinik antsetike, buy jech buy mechuk laj yabtelan ti *literatura indigenista* ta ba'yele. Li ta xcholbenal slo'il Mikele ti bats'i vinik antse ma'uk jtotiketik, naka no'ox viniketik.

Juan Pérez Jolote, yu'un Ricardo Pozas, ja' jun muk'ta cholbil lo'il ti chak' ya'i ta ilel jvo' chamo', k'usi tsnuptan ta be xchi'uk ti ts'akal tsutalel ta yosilale. Ta sbik'it cholbil lo'il Mikele, Iknasyoe chlok' batel ta muk'ta lum, tsnupanan yantik kuxlejaliletik, uts'intael, iltael ta k'op, skoj li ch'abal stak'ine naka xa mu chk'atbuj ta ixtolal, jun ch'ulelal ti jeche' xvatet ta xch'ielale, jutuk me bak'e yantik sokilaj ti snopbene, tsta ta nopel me ja' xa no'ox slajebal xchapbenal sk'op, k'alal ti yu'un mu xkapij ta jkaxlan cha'ie, ti ja' lek tsmil sbae.

Mikele chvu' yu'un snopel k'u yelan xch'ielal ti bats'i vinik antsetike, chapajtik jujuntal, ma'uk to tsk'anik koltael yu'un ch'ul viniketik, ma'uk batem ta yo'nton sk'elel spukujal ti jkaxlanetike xchi'uk xch'ul lekilal ti bats'i vinik antsetike, jech no'ox xtok ta sbaj, ja' ta sla'ban k'u yelan ilbilik ti jkaxlanetik xchi'uk bats'i ants viniketike. Ta jtatik ta ilbel k'u yelan tsok snopbenal sjol yo'nton ti Iknasyoe, mu xpaj ta ch'ayetel, chi'betel vinik xa no'ox. Ja' tey ti buy mu'yuk sna'ik sk'elel ti muk'tikil jts'ibajom jkaxlanetik ta *literatura indigenista*, sjelel xch'ielalik, yabtelik, xchi'uk stekel ti stalel xkuxlejalike; mu staik ta cholel sbel sjol yo'nton ti vinik antsetike, xojtikinik ta spatil no'ox ti xkuxlejalike, mu xk'otik k'alal to ta yibel sk'op xch'ulelalik. Li x-ach' bijil ts'ibik ti bats'i ants viniketike ja' ta snopajesotik batel ta yilel sbejel sbanumilal xkuxlejalik, stael ta nopel ti vo'neal lok'oletike, xchikintael, sk'oponel ta yech'omal ye stukik ti slekil xchopolalik k'uchal likiktal ta vo'nee.

Xcha'kuxesel ti sbijil sts'ibajel bats'i ants viniketike ja' snup ta k'op ti slikebal sa'el yich'el ta muk' xchi'uk spasob k'op ti bik'it jteklumetike. Jech k'uchal ti vo'ne sk'anel osil, abtelal, yich'el ta muk' ti vinik antsetik, abtelal ta pasob k'op, k'usitikuk yan, ja' jech sk'an so'baj xtok ti sk'elbel smelolal yich'el ta muk' k'u yelan ta stsobsbaik jujun ti lumetike, k'u yelan tspasik chchapanik ti k'inetike, stsatsubtasel xchi'uk yich'el ta muk' ti k'usi k'opal sna'ik jujuntale, yech'oxal stak' xalik ti k'usi tsnop sjol yo'ntonik ta bijil nichimal abtelaletike. Jna'ojtik lek, k'alal liktalel ti *Ejército Zapatista de Liberación Nacional* ja' lik stsatsubtasbe yipal li va' yatel yo'ntonike.

Li' ta Chiapase, ti k'usitikuk stsatsal k'anik xchi'uk EZLN ti bats'i vinik antsetike ja' tey lik stsak yipal smeltsanel ti *Centro Estatal de Lenguas, Arte y Literatura Indígenas*, snail abtelal ti ja' laj yak' ta yo'ntonik xchanubtasel ti jts'ibajometike, ep xa slekilal yabtelik. Ti *Unidad de Escritores Mayas Zoques, A.C.*, ja' jech oy yabtelik ek, Sna Jts'ibajom eke ja' jbej snail j-abteletik ti laj yak' ta sjol yo'nton sa'el xchi'uk stsobel ti yantivo lo'il maxil mol me'eletike xchi'uk yabtelanel ak'ob elov, jech no'ox xtok mu stak' jten ta ko'ntontik yabtel ti mol jpas nichimal k'op José Antonio Reyes Matamoros ta xchanubtasel ach' jts'ibajometik tana li'e.

Ti *Ch'ayemal nich'nabiletike* ja' jpok vun ta xak'botik kiltik k'u yelan xu' stsaksba ya'yejik ti yepal stalel xkuxlejal lumetike, Mikele sna'oj ti bijil nichimal abtelale ja' sbelal tsobobbail, buy tsnup sba ta be lo'il a'yejetik, kolyal ti vun *Ch'ayemal nich'nabiletike*, kolyal ti bijil ts'ibajel mu'yuk yelanile.

Los hijos errantes

literatura sin adjetivos

ALEJANDRO ALDANA SELLSCHOPP

— *Para Luz y Emiliano* —

Los hijos errantes de Mikel Ruiz nos muestra un conjunto de narraciones cortas, que bien podrían definirse como cuentos; sin embargo, al tener una visión completa del conjunto, la definición de novela corta no estaría del todo errada. La estructura del volumen nos permite leer un mundo que se va construyendo en cada una de las ficciones. El tejido narrativo está más allá de la mal llamada *literatura indígena*, entendida ésta como aquella que ha sido escrita por indígenas, ya sea en su lengua materna o en forma bilingüe, según definición de Carlos Montemayor en *Los escritores indígenas actuales*. Ante esta definición tan general y resbaladiza nos quedamos con la sensación de que el adjetivo *indígena* corresponde más a una posición ideológica que estética. Afortunadamente *Los hijos errantes* se ubica más allá de adjetivos que poco aportan a la caracterización de la literatura. Los cuentos de Mikel son literatura, ni más ni menos, el interés que despiertan en el lector no es de carácter antropológico, ni folclórico, estamos frente a un escritor que riguroso, busca la excelencia estética, cosa que sin lugar a dudas logra en varios pasajes del libro.

El indígena, personaje principal de *Los hijos errantes*, aparece tímidamente en el siglo XIX. Las ideas liberales pugnaban por la urgente necesidad de sacar a los indígenas de su atraso económico, de tal suerte que aparecen en cuentos y novelas, desde la perspectiva de escritores que más que tratar de acercarse y comprenderlos como sujetos de su propia historia, se conforman con reproducir estereotipos que el discurso dominante se había encargado de generar, por lo que el indígena es presentado como tonto, torpe, un buen salvaje que es bueno o malo por estupidez.

La Revolución mexicana en su afán de lograr el mestizaje en toda la República comienza a tratar que el indígena tenga cierta visibilidad social, para ello emprende la castellanización que, según el régimen revolucionario, es necesaria para alcanzar la identidad nacional; se busca integrar al indígena lingüística y culturalmente a la nueva realidad nacional. Es ilustrativo observar que en la Novela de la Revolución el indígena es el gran ausente, a pesar de la activa participación de éstos en el movimiento armado, es Heriberto Frías el único autor que nos habla de los indígenas; pero sin llamarlos de esa manera, sólo son sombras silenciosas.

La ideología de la Revolución provocó que un buen número de escritores voltearan hacia el mundo indígena: estudian, conocen los parajes, conviven con ellos, se acercan a sus costumbres, leyendas y cosmovisión. A esa literatura se le denominó indigenista, y se caracterizaba por estar escrita en castellano, por autores mestizos, pero que recurrían a temas relacionados con la vida del mundo indígena, en muchas ocasiones esos cuentos y novelas se convirtieron en una protesta hacia las condiciones infrahumanas en las que vivían los pueblos indígenas de México. Los escritores más destacados por la calidad de sus textos y la profundidad en que crean a sus personajes son Francisco Rojas, Mauricio Magdaleno, Ramón Rubín, Rosario Castellanos y Eraclio Zepeda.

Mikel Ruiz centra la espacialidad de sus narraciones en parajes de Chamula, y son chamulas quienes interactúan en sus dramas. Rosario Castellanos abordó la problemática de personajes chamulas en la novela *Oficio de tinieblas*, y en el libro de cuentos *Ciudad real*. En *El callado dolor de los tzotziles*, Ramón Rubin aborda el conflicto de identidad que sufre un chamula que migra a la ciudad, y una vez estando ahí cambia sus costumbres, al paso del tiempo regresa a Chamula, su nueva forma de vida entra en conflicto con la cosmovisión de sus congéneres y miembros de la comunidad. Es preciso indicar que Mikel plantea un problema similar; pero con otras implicaciones, Ignacio es un joven que tiene contacto con el exterior, pasa las horas de sus días viendo películas pornográficas, abandona sus trabajos en la milpa, sueña con ser un mestizo, transformarse, ser otro. Hace suyas las palabras de desprecio y discriminación que usan los mestizos de la ciudad para referirse a los chamulas, cree que al ejercer esa violencia verbal contra sus iguales conseguirá dejar de ser uno de ellos. Migrar, andar errante por la ciudad, es su manera de negarse a sí mismo. Es el indígena que se doblega frente a los mestizos por cuenta propia, a diferencia del chamula de la novela *La rebelión de los colgados* de B. Traven, en donde un tsotsil enfrenta a los finqueros, cansado de la vejación de las que son sujetos los indígenas de Chiapas. Mikel nos presenta un antihéroe, y ésa es una de las grandes aportaciones del libro *Los hijos errantes*, su mirada descarnada, es una visión profundamente crítica hacia la vida de las comunidades indígenas; para Mikel Ruiz la comunidad no es un pedazo de paraíso terrenal en el que todos viven en armonía, los observa y nos los presenta con sus contradicciones, dejando muy lejos la idealización del indígena, en la que por una u otra razón cayó la literatura indigenista. En las narraciones de Mikel el indígena no es un santo, es un hombre.

Juan Pérez Jolote, de Ricardo Pozas, es una novela que trata de retratar a un hombre chamula, sus aventuras y finalmente su regreso a la tierra prometida. En los cuentos de Mikel, Ignacio migra a la ciudad, el choque cultural, el racismo, la violencia, la opresión económica lo convierte en casi un objeto, un ente que va errando por la vida, cada que se mueve se hunde más en la ignorancia, hasta llegar a considerar que la única salida a su problemas, esto es no poder ser mestizo, resulta la muerte.

Mikel logra formar personajes complejos, matizados, en su mundo no cabe el maniqueísmo, la visión del mestizo malvado y el indígena bueno, no le interesa, es más, la niega, establece una relación crítica con esa forma de entender la relación entre indígenas y mestizos. En Ignacio podemos observar una profunda confusión, un errar constante, el hombre convertido en duda. Y es ahí donde los grandes escritores indigenistas no lograron penetrar las diferencias sociales, económicas, pero sobre todo culturales; les impide narrar desde el interior de los personajes, conocen la cosmovisión desde fuera, sin llegar a los más íntimos problemas del ser indígena. La actual literatura escrita por indígenas nos permite acercarnos a ese universo cultural, rozar el mundo de sus símbolos, escuchar, leer de sus propias voces las contradicciones de su devenir histórico.

El resurgimiento de la literatura escrita por indígenas forma parte de los movimientos sociales y políticos que reivindican los derechos de los pueblos indígenas. A las tradicionales demandas de tierra, trabajo, reconocimiento como sujetos de derecho, participación política, etc., suman la urgente necesidad de que se les respete sus formas de organización cultural, sus ritos y fiestas, el fortalecimiento y promoción de sus lenguas maternas, lo cual incluye el derecho a expresar su mundo a través del arte. Sin duda, la irrupción del Ejército Zapatista de Liberación Nacional fungió como catalizador de todas esas demandas.

En Chiapas, las exigencias de los pueblos indígenas a través del EZLN posibilitan la aparición del Centro Estatal de Lenguas, Arte y Literatura Indígenas, institución que se ha preocupado por la formación de escritores, con resultados positivos. La Unidad de Escritores Mayas Zoques, A.C., ha hecho lo propio, Sna Jtz'ibajom es otra organización que durante muchos años se ha dedicado a recuperar la literatura oral de los pueblos, así como promover el teatro, y no podemos olvidar el extraordinario trabajo que realizó el poeta José Antonio Reyes Matamoros al formar una nueva generación de escritores.

Los hijos errantes es un libro que nos enseña que es posible la convivencia de dos o más tradiciones culturales, Mikel entiende que el arte es un lugar de encuentros, un diálogo constante, enhorabuena por *Los hijos errantes*, enhorabuena por la literatura sin adjetivos.

The Errant Children

Literature without Adjectives

ALEJANDRO ALDANA SELLSCHOPP

— *For Luz and Emiliano* —

The Errant Children, by Mikel Ruiz, presents us with a set of connected narratives, each of which could be considered an individual short story; nevertheless, looking at the collection in its entirety, it would not be incorrect to call it a short novel. The volume's structure allows us to read a world being built in each of its fictions. The narrative web goes beyond the erroneously named "Indigenous literature," understood as that which has been written by Indigenous people, whether in their native language or in bilingual form, according to Carlos Montemayor's definition in *Los escritores indígenas actuales* (The Indigenous writers of today). Such a general and slippery definition leaves us with the sensation that the adjective "Indigenous" corresponds more with an ideological position than an aesthetic one. Fortunately, *Los hijos errantes* places itself beyond adjectives that contribute little to the characterization of literature. Mikel's stories are literature, no more nor less. The interest they awaken in the reader is not of an anthropological character, nor folkloric; we stand before a rigorous writer, seeking aesthetic excellence, which he achieves, with no room for doubt, in many passages in his book.

The Indigenous person, the main character of *Los hijos errantes*, appears timidly in the nineteenth century. Liberal leaders felt an urgent need to get the Indigenous out of their economic backwardness. When Indigenous people appear in stories and novels, it is from the perspective of writers who, rather than approaching and understanding them as subjects of their own history, instead conform with the repeated stereotypes that the dominant discourse had generated; the Indigenous are presented as foolish and clumsy, as savages whose nature, good or bad, is due to stupidity.

The Mexican Revolution, in its eagerness to claim *mestizaje* for the whole republic, begins to accept that the Indigenous person has a certain social visibility, and so comes the promotion of *castellanización* that, following the revolutionary example, is necessary to achieve national identity; it seeks to integrate Indigenous people linguistically and culturally into the new national reality. It is illustrative to observe that in the novel of the Revolution, Indigenous people are a great absence, despite their active participation in the armed movement. Heriberto Frias is the only author who speaks to us of the Indigenous, but without naming them as such—they are just silent shadows.

The ideology of the Revolution provoked a number of writers to turn toward the Indigenous world: to study, to get to know the communities, live with them, learn of their customs, legends, and cosmovision. This literature is called *Indigenista*, characterized as being written in Spanish, by Mestizo authors, but dealing with themes related to the life of the Indigenous world. On many occasions those stories and novels become a protest of the subhuman conditions in which the Indigenous people of Mexico live. The writers most well known for the quality of their texts and the depths with which they create their characters are Francisco Rojas, Mauricio Magdaleno, Ramón Rubín, Rosario Castellanos, and Eraclio Zepeda.

Mikel Ruiz centers the spatiality of his narratives in the communities of Chamula, and it is Chamulas who interact in his dramas. Rosario Castellanos addressed problematic Chamula characters in the novel *Oficio de tinieblas* and the story collection *Ciudad Real*. In *El callado dolor de los tzotziles*, Ramón Rubín addresses the identity conflict that a Chamula suffers when he migrates to the city; once there he changes his customs, then sometime later he returns to Chamula, and his new way of life causes conflict with the cosmovision of his peers and members of his community. It is correct to point out that Mikel presents a similar problem, but with other implications. Ignacio is a young man who has contact with the exterior, passing the hours of his days watching pornographic movies, abandoning his work in the milpa, dreaming of being a Mestizo, transformed into another being. He makes his own the demeaning and discriminatory words that the Mestizos use to refer to the Chamulas, believing that by using such verbal violence against his equals he will cease being one of them. To migrate, to walk errantly through the city, is his way of negating himself. He is the Indigenous man who submits to the Mestizos for his own sake, in contrast with the Chamula in B. Traven's novel *La rebelión de los colgados*, in which a Tsotsil confronts the ranchers, fed up with the humiliation to which the Indigenous of Chiapas are subject. Mikel presents us with an antihero, and that is one of the great contributions of the book *Los hijos errantes*—its stripped-bare view is a profoundly critical vision of the life of the communities; for Mikel Ruiz the community is not a piece of paradise on earth in which all live in harmony. He observes and presents them with their contradictions, leaving far behind the idealization of the Indigenous, into which one way or another the *Indigenista* literature tends to fall. In the stories of Mikel Ruiz, the Indigenous is not a saint, he is a man.

Juan Pérez Jolote, by Ricardo Pozas, is a novel that tries to portray a Chamula man, his adventures, and finally his return to the promised land. In the stories of Mikel, Ignacio migrates to the city, and the culture clash, the racism, the violence, the economic oppression convert him almost into an object, an entity going errantly through life, with every move falling more into ignorance, until he comes to consider the only exit from his problems, which come from his inability to be a Mestizo being, resulting in his death.

Mikel manages to form complete, nuanced characters; in his world Manicheism does not fit, the vision of the evil Mestizo and the good Indigenous does not interest him, moreover he denies it, thus establishing a critical understanding of relations among Indigenous and Mestizos. In Ignacio we may observe a profound confusion, always erring, the man converted into doubt. And it is here where we see that the great *Indigenista* writers are unable to penetrate the social, economic, and especially cultural differences. This prevents their narrating from inside the characters. They may know the cosmovision from the outside, but they cannot arrive at the most intimate problems of the Indigenous being. The current literature by Indigenous writers allows us to approach that cultural universe, to touch the world of its symbols, hear from its own voices the contradictions of its historical becoming.

The resurgence of literature by Indigenous people forms part of the social and political movements that revindicate the rights of the Indigenous communities. To the traditional demands of earth, labor, recognition as subjects with rights, political participation, among others, rises the urgent need for respect for their forms of cultural organization, rites and fiestas, the fortification of their mother tongues, which includes the right to express themselves through art. Without a doubt, the irruption of the Ejercito Zapatista de Liberación Nacional (Zapatista Army of National Liberation, EZLN) acted as a catalyst for all these demands.

In Chiapas, the exigencies of the Indigenous, by way of the EZLN, made possible the appearance of the Centro Estatal de Lenguas, Arte y Literatura Indígenas (State Center for Indigenous Languages, Art, and Literature, CELALI), an institution that has undertaken the training of writers, with positive results. The Unidad de Escritores Mayas y Zoques, A.C., has done the same; Sna Jtz'ibajom is another organization that through many years has dedicated itself to recovering the oral language of the communities, as well as promoting theater, and we cannot forget the extraordinary work accomplished by José Antonio Reyes Matamoros in shaping a new generation of writers.

Los hijos errantes is a book that teaches us that the coexistence of two or more cultural traditions is possible. Mikel understands that art is a place of encounters, a constant dialogue. I commend him for *Los hijos errantes*, for literature without adjectives.

Alejandro Aldana Sellschopp is a writer and researcher based in San Cristóbal, Chiapas, México. His books include *Tierra de dioses* (2001), *Nudo de serpientes* (2004), and *Sibelius fractal* (2021). This foreword accompanied the 2014 bilingual publication of *Ch'ayemal nichnabetik, Los hijos errantes* in Mexico.

Ch'ayemal nich'nabiletik

Mikel Ruiz

Jna'oj ti xava'iune

Och xa tal yik'ubel ti osile, ja' xa no'ox smalaojot yiluk. Ta sba li ts'i'lal te'tike tsinil stokal, xbajlajet ya'lel k'uchal jsat. Tsinil ta ko'nton li stokal uts'intael xchi'uk vokolil vul ta jnatik avu'une. Juxlij xa ye li machit ku'une, tsots jutuk ka'i, ja' li mu bak'ne juxe. Na'tik k'u to yepal avuch'oj, mu k'usi xana' yilel, tsots batemot; mu xana' jayib ora, yanuk ti jtsebtike syak xa ta xvay, le' xa mukul ta xchijal k'u'e. Malaun to jlikeluk, ta to jchuk ava'i lek avakantak ta xoka', me vul ach'ulele chavechi to ava'i tana.

Ta yutil jomkorantik vo'neal na ti Paxku' Tsepente'e keji, ts'ijil ta yeloval kurus. ¿K'usi jmul avu'un tot, kajval? ¡K'elavil k'u to yen pitajtik sat sk'elojune!, x-ok'olet xtuchoj li slok'obal kristo la st'ol ta skurus buy puch'ul ti Petul, smalale. Nijil smuts'oj sat, ta sjules ta sjol svokol X-elen, yuma' tseb.

Skoj ti vinikote la jpas ti k'usi la valbune, ti k'usi la k'anbune. Mats' me xa chie, ta anil xa jchotanoj ti jbin ta xokon k'ok'e, te xa nujul ti jboch ta axokone; jve'el me xachie, lechajtik xa ti jsets'tak ta ba mexa te'e, uts ne' xmuyubaj avo'nton, sts'ijet ajol, ja' ti oy sk'ak'al avee.

Jna'oj ti xava'iune; ak'o me nu'bajtik xik'tak asat, achikine jamajtik to. Mu sna' xch'ay jol, xachi uno'ox chak'opoj, jk'eltik me jech to xaval me vul ach'ulel tanae. Jbel xa mu xabak, ch'anxi ts'ijilot, ja' jech ta jk'an. Vo'ot ta bet'bunel avok': och talel ti lus ta yut jnatike. Mu ch'an xachi, ep kap sjol jnaklometik avu'un, xchi'uk jtotik jme'tik sok sjol yo'ntonik ek. Lek oy, xichi me vu'une, la kak' ta ko'nton ek ti ja' leke, ak'o me mu jna' k'usi chtun o ku'untik, ja' no'ox jna'oj ti nopemotik ta sat kantilae, ta xojobal ni'toj me chijlok' ta ak'obaltike. Mu'yuk jak' buch'u jech la sjulesbot ta ajol, buy lavil ti oy stunele, ti ta slekubtas jkuxlejaltike. Mu xa no'ox albaj ya'ik ti smuk'tikil te'eltake, k'uchal muk'tikil yijil chonetik lok'anuktalel ta te'tik. Ja' ta sjel o jkuxlejaltik, xachi, ja' ta sbijubtas kalab jnich'nabtik. Suj avu'un ta xch'unel li mol me'eletike.

Vu'une mu jk'an ti luse. Jlikel to la jtub, mu'yuk chtun ku'un. Li antsunkutike oy xojobal jsatkutik k'alal chivok'kutik, k'alal chich'ikutike k'unk'un chatu'bbunkutik li vinikoxuke.

Mu xava'ibe smelol k'usi ti k'otem ta jtojolaltike, k'usi ti mulil ta jtojtike. Te chk'opoj, xachi, jkotoltik uno'ox jna'tik xi jk'opojotik. La laban ti jtsebtike, xachikintauk ava'i ti yok'ele, xana'uk k'usi ti ta sk'ane, k'usi chalya'i k'alal me chme'la ok'e, jeche' te xnubnun yanaltak ye, ch-avan, ti yok'e chajal ta k'opetik.

Chabak'esaba ava'i pe jeche' ch-ech' avokol, lek chukulot ku'un, manchuk me tsots vinikot avaloj.

Ta skolta yalel slok'obal kristo li Paxku'e, ta stukesbe sbon ta ya'lel sat k'alal metsel k'ot ta banumil yu'une, ta smala me ja' to van tey ta xjam ye li stsebe: me mo'oj une, ja' ta smul stekel ti k'usi ta xk'otanuk ta pasele.

Iknasyoe mu'yuk xa xchapan spek' xchi'uk xmachit k'uchal to ox jujun sobe. Mal xa jun xemuna ti mu'yuk xa xak' ta yo'nton xchob xchi'uk xkuchel ti si'e, stuk xa no'ox sme' tey xvatvun. Me sakube ta xlik ta stem sk'an skajvel xchi'uk yot jlok'el ta semet, ta stsak xila, ta xchoti ta yeloval stelevisyon. Te chotol slabanoj ba'yel, k'un to ta xbat sjax pikilan, ta skusbe yik'obal, muxa xk'ot lamiuk pukuk ta sba, ta snenal. Mu me xapik, me', ta me sok me ma'uk tey bat snet'el avu'une, xut no'ox jujulikel ti sme'e. Muxa xvul lek ta sjol k'alal k'ot ti lus ta sparajee, naka to ox ta xlok' ta oxib ja'vil. Le' ni lok'em xa ta vuklajuneb, ta sk'el ya'i ti k'usi ta xak'ik ta ilel ti jkaxlanetik ta televisyone. Ta xchanbe ya'i sk'opik, k'usi k'u'ilal ta slapik xchi'uk stalel xkuxlejalik jnaklometik ta muk'tikil lum. Bijik me stukike, ja' lek xkuxlejalik. Ma'uk no'ox chk'uxik chenek' xchi'uk tsve'ik vaj k'uchalotik, xut sba stuk.

Ta stsak stsanobil stelevisyon, chotol k'uchal jbej vava' ton ts'unul ta lumtik, j-ich'el pitajtik o li sat k'usi ta sk'ele. Solel joviem sjol ta sk'elel, ja' xa tey ta xil sba stuk ta televisyon, xmuyubaj yo'nton, yan xa o ta xa'i sba.

Kerem, ¿me chtal to li avote; me chtal to akajvele? Mu buch'u xtak'av jbeluk. ¿Me sk'an to xbat ak'el ti achije me'?, xi ti k'alal sjam to jutuk yee, mi ja'uk ibak'.

K'alal yile, sme'e mu'yuk xa te oy ta sna. Mu sna' k'u xa sjalil slok'el batel, buy k'alal bat. Smala to jlikel me ta sutal, me oy bu xva'vun: mu'yuk, nom xa batem, ta snop. Vokol tots ta xchotleb, bat smak lek sti' sna, ta stik'be xk'ux yo' mu buch'u xjam yu'un, ak'o me spuj ta tek'el xchi'uk stsatsal yip ik'al vo'. Cha'sut ochel, nopaj batel ta sti' stem, ta stoy jlik pok' xonkolinoj, sbuslaj lok'el setajtik liskoetik, stsak jpech, stik' ochel ta yut DVD, bat chotiuk smala ta xlik talel ti pelikulae.

Ta snenal stelevisyone vinaj tal slok'obal tsebetik, t'analik xlomlum sonetik ti mu bak'ne xa'i li Iknasyoe. Xk'ixet ti ik' ta xa'i k'alal ta smuse, xanav ta xch'ich'el, k'ak'ub sbek'tal k'uchal tsajal ak'al. Ta snet' stsanobil DVD, st'uj li k'usi ta sk'ele. Ta pat ti'na lok' tal jun tseb alak' to sba yutsil xluchomal xchil xchi'uk stsitsomal stsek; jun jich'jich' kerem la snit batel ta tem. Ts'ijajtik ta xanavik. Li kereme lik smeyilan, ta sk'an sts'uts'be ya'i yanaltak ye, li tsebe mu sk'an lek, la skolta sba, bat ta ch'aybail. Kereme nopaj talel buy yak'oj komel ti k'usi ta xlok'tavane, stuk'ubtas batel yo' lek xvinaj sjunul ti teme, xchotan lek komel ta sba mexa. Li tsebale sjitunoj xa lok'el tal xchuk ta ch'ayombail, kereme xpujlaj xa batel ta smeyel ta anil. Ta stsakbe sk'ob, li tsebale stuk xa no'ox xchil sloinoj komel k'alaluk solk'ij yalel ti stseke. Kereme k'unk'un ta sbitsan batel ta ti' tem. Stoybe muyel yo'tak k'alal ta snekeb, lik sk'upin. Li tsebale xpitet uno'ox sat ta spat xokon, ta sk'el me oy buch'u nak'al ta xpa'ivan ta yut na. Iknasyoe lik sjelaves batel ti svireo ta sk'ele. Ta sbuts' nene' chu'iletik ta ba tem li kereme. K'unk'un sts'uts'ilanbe yalel sbek'tal k'alal ta sakil smuk'tikil yo'tak, li tsebe x-aj-un smuts'oj sat, skoskun ta xk'opoj.

Iknasyoe jech o pitajtik sat. Lachajtik xchikin ta xa'i k'uyen x-aj-un ti tseb ta yut televisyone; ja'uk xa ya'i stuk li vinik kakal ta yo'take, stak'uk x-och ta snenal li televisyone. Ta snopbenal sjole xchi'noj xa yan tsebetik, ¿buch'utik?, mu'yuk buch'u tsebal xk'ane yu'un, jeche' jch'ajilu' kerem, x-ute me oy buy la sk'opon junuke, ma'uk jech vinik me le'e, x-ute no'ox, mu'yuk stak'in, mu'yuk lek sk'u' k'uchal yantik keremetik, xk'ojlajetik ta votin xchi'uk yach' kaxlan vexik, skotonik xchi'uk snukul kamisolaik. Iknasyoe k'ajom k'o cha'lik xvex, oxlik smol koton. Me li' no'ox oyun oe, mu'yuk bu chijel, xi likel stuk, me ts'un chobtik kes oe ja' jech li' chichame, jch'ulel tuk.

Sbats'il k'obe xmich'oj yat ta spat xvex. Ta sju'ilan, sk'asilan, ta sjam sti' xvex yo' slok'es tal, yanuk li ta stelevisyone li tsebale mu k'upiluk sba ta xa'i li yat kerem skats'oje. Ya'i t'uxij sk'ob ti Iknasyo k'alal lik smich'ilane, k'unk'un smuyes syalesbe snukulil, nakastal lik anilajuk li sk'obe. Tots ta xila, ta sti' xch'ute lik stsinan sba, sk'obe xyal xmuy uno'ox, sti' xch'ute laj to stsinan sba k'alaluk ya'ibe yipal ti k'usi lok'tale, t'el to xchi'uk.

Li kerem ta stelevisyone skolta komel ta anil li tsebe, xch'amoj batel ta sk'ob li spersa ta ch'ayombaile. K'unk'un choti ta ti' tem li tsebe, svalk'un yalel xchil; k'alaluk stoy li stsek ta banumile, satake yanijanuk k'alal sta ta ilel snenal jun selular ta xlok'tavan ta ba mexa. Jxi'el k'ot, nakastal sjopoj stsek vechi, muxa sna' k'usi ta spas.

Mu'yuk xa'i buy lok' tal ta anil li kerem tey xa va'al ta spate, ja' to yile bat stoy ta anil li selulare. Li k'usi ta xlok'tavane tey tub ta anil. Ta snenal televisyone ja' xa no'ox tey xch'ech'un kom li sone. Mu'yuk to sutem o tal li jme'e, nom bat xchuk xchij, ta snop ti Iknasyoe. Xmajmun yat ta sti' xvex nopaj batel ta sjol stem, sa' jlik pok' yo' skus o li sk'obtake.

Tey kom ta sjol li tsebal yil ta televisyone, stsatsal tsak xa ochel ta yut sna ta xil, smakbe ya'i ye ta tsajal pok' li naka to ox la skus o sk'obtak xchi'uke. Ta stik' sba ochel ta sbek'tal, ta xu'nin k'u yelan sk'an ti sjole. Ya'i k'u to yelan xbitbun yo'nton ta xi'el, paj ta nuxinajel ti xch'ich'ele. K'unk'un sjax pikbe snukulil, xch'ay sba ta yok'el.

Sna'oj ti po'ot xa sut talel sme'e, spix ta k'a' pok' ti yantik liskoetike, bat snak' ta yolon xonkol. Ta stub li stelevisyone. Bat sa' xvex xchi'uk sk'u'tak ta yak'; slok'es ta DVD li sliskoe, sujom xa stik'anan ochel ta yut jbej ch'in karton ti snak'oj uno'ox ta yolon steme. Yo' to mu'yuk yiloj jme', stuke mu sna' k'usi li ta jpase, ta snop. Mu'yuk k'usi xchuk o li kartone, naka no'ox jech smak ta anil. La sjam li sti' snae, sk'el lok'el me oy xa bu xtal ti sme'e, mu'yuk buch'u xbak'. K'unk'un lok', tubbat sat yu'un sk'anal xojobal k'ak'al kajal ta ba vitstike. Sju'ilan sbek'tak sat, k'alal la sjame tuk' sk'el batel ta olon osil, tey sta ta ilel k'u yen slap sk'u'in sakil tok li vitse. Ok'ome ta xak' vo', snop. Vechi to jlikel ta amak'. Slak'natake ts'ijajtik, ta bebetike li antsetike syak xa ta sutanik tal ta ilchij. Lik xanavuk yalel ta vitstik li Iknasyoe, st'unoj yalel smuk'ta belil jnaklometik ta Mitontik.

Chnopaj xa tal sk'ak'alil ti cha-och ta martomaile. Jeche', mu xi jtunotik, mu'yuk smelol jk'optik jlo'iltik, manchuke mu'yuk buy jeche' puch'ulot ta yakubel. Xakotkun k'uchal chonbolometik ta sa'el avuch'bol, ta sa'el ave'el ta bebetik, ta yolon ta yak'ol sat ojov, ta yok ta sk'ob pukujetik. Li poxe ma'uk ta smul, vo'ot ti mu xana' buy chanup slekil yutsil osil k'ak'al, sti'etel sjol achi'iltak ta ch'iel, sk'ak'al sjol yo'nton kajvaltik; ana'oj me lek ti mu tajimoluk, mu tse'imoluk sk'elel stoyel li jtotiketike. ¿Buy li avixim ta span avaj tsayoviltake, buy li achenek' ta slajes avaj kuchnichim, jva'bajometik, avaj vu'laltake? Vu'une mu'yuk xa uno'ox avich'ojun ta muk', mu aventauk ti ka'yeje. Lek oy, ta jk'el ta jmalk'in li jtotike, xachi; jna' xa, oy xa jch'ulel, xavut li jpas abteletike, yech'oxal la yak'boxuk komel ti martomaile. ¡Jajaja!, ¿buy ti vinike?, ¿buy ti jk'elvanej ti jtoyvaneje? Jech k'uchalot le'e mu jch'un. ¿Me ja' xa la chk'el avu'un jtotik ti mu ja'uk xk'el avajnil, mu ja'uk xk'el atsebe?

Jna'oj, li antsetik viniketike chopol chilikun, chak'smilikun ya'ik. Pas ta me' chuvaj, xi kajval k'alal yu'un jbabeun ta atojolale, ma'uk ti jts'akpatilun chixanave, mu'yuk xa bu xi-eyet. Muxa jk'an jch'unbe smantal li mol me'eletike, snopbenik jtot jme'e: ti antse x-eyet, ti antse xkom k'uchal vinik, ti antse sts'ijet. Mo'oj xa. ¿K'usi chapas ta jlikel me la julave?, ¿k'usi chaval me ava'i aba k'u avelane? Ti k'usi chapase ja' ti mechuk xa chavaechinaje, mechuk xa chanop ti k'opetike, ta slet sba ti ach'ich'el ta avok'e.

¿Jpas nichimal abtel van? Jech ava'uk, xnichimaj li ko'ntontike. Naka uch' pox, naka il, naka leto, pe mu teyuk ts'ij xachi. Mu'yuk yutsil, mu'yuk slekil k'alal vu'un xikilet avu'un ta lumtik, ta yichon anichim, ta yichon akuruse. Ta ts'akale xa ts'i'ts'omaj xa, vinikun, xachi, xlukomaj batel anukul ta abats'i k'ob xchi'uk slislajet xlixtonal apixol ta yan ak'ob. Jpas nichimal abtel la ti mu'yuk k'usi xnichimaj ta yut snae, ak'o me jun xa yutsil ti jk'optike.

X-ak'otajan xa li nich k'ok'etike, ti slebe xk'ejinaj ta yolon ak'obal, xk'ixnale ta sjaxpikbun xokon jsat. Ti k'ok'e oy xk'uxul yo'nton, cha'i yatel ko'nton, nakastal xlebebet ta svik' sat me la jcha'tsane, ta smalaun jujun sob. Cha'i jlo'il, cha'i ka'yej; oy ts'ijil no'ox, oy ch-ilin, skoskun chk'opoj chtal skus ya'lel jsat, ta jujun sob, ta jujun xmal ja' jchi'il.

Chabak' xa ava'i, Petul. Chikinta o li jk'ok'e, balchik'ot xa yu'un, ep k'usi la avaechinta me le'e. Mu to stak' xa tots, sk'an to x-ayan tal xch'ulel li abek'tale, ep lavuch', ja no'ox k'alal vok' li jtsebtike la atenaba ta uch' pox, ja' li kerem ak'anoje. Li' xa no'ox k'alal paj o tanae, slajeb xa lavuch', slajeb xa la ava'ibe xk'ixnal sbek'tal li pox ech' sjot' anuk'e, slajeb xa ay skapin snopbenal ajol avo'nton.

Malaun to jlikeluk li'e; a li jnoptik leke, ja' lek bat to kich'bot tal jutebuk avuch'bole, oy amoton jchapanojbot. Chkak'be no'ox yipal yo' mu xava'i me oy' k'usi ta sti' li abek'tale, mi ja'uk xk'uxul ye li machite.

K'usi ta sk'an sk'el ti Iknasyoe ja' li jun to yutsikil karoetik, muk'tikil naetik, t'ujumal tsebetike. Sk'obtake ta spik ya'i, ta sk'upin ya'i li jun xa yutsil junuk tseb ta xokone. Ma'uk jech yelan stalel xkuxlejal ta sk'an li ta sparajee. Volje ta televisyone la yil kolem tseb keremetik xtal xbatik no'ox. Jal xa ak'obal la yikta sk'elel ti stelevisyone, muxa x-och svayel xchi'uk; teyuk xa ya'i li ta muk'ta lum eke, jelemuk xa ya'i li xkuxlejale.

Lek k'otem ta sjol yo'nton ti snopbenal yu'une. Muxa buch'u xtal lok'esbatuk ta sjol yo'on ti ta xbat ta muk'ta lume. Vul ta sjol ta anil ti mu'yuk ep stak'ine. Jech no'ox xtok li sme'e mu x-ak'e lok'uk ta sna me xalbee, mu'yuk buch'u yan xchi'in ta naklej. Iknasyoe muxa sk'an xchi'in, xtaet xa cha'i li sme'e. Ta sk'an nakiuk stuk, mu'yukuk spase ta mantal yu'un junuk ants, mi ja'uk sme'. Yech'oxal la yikta komel sna, syak chanav yalel ta muk'ta vits. Jk'otel ta sat tey xlok' batel jvo' chex tseb smakoj batel xchij, oy xa ik' oy xa sak. Vechi ta anil ti Iknasyoe, slaban lek, ja' X-elen. Mu sna' me ta xyal to batel mi ja' lek ti sutuk muyel ta snae; sk'elbe sakikil yoktak, smukoj sni' xchi'uk snekeb ta k'a' mochibal ta xanav. Tsatsaj batel ta xanvil ti Iknasyoe, ta snabpati ochel ta ch'in be, ta somoltik.

K'ot ta sts'el skoral ti X-elene. Xchijtake xchololet ochik ta sti' snaik, mu'yuk xujxuj sbaik. Tsebe ta xchap ochel, vaxakot muk'tik xchi'uk cha'kot ch'inik. Nabal och ta yut skoral, bat xchukbe xulub jkot tochij ta yok yijil te'. Mu'yuk xa'i buch'u la sbaj ta anil li sti' skorale.

Ta yut korale la skolta skaja ti Iknasyoe. K'uchal jovil ts'i', sk'eloj ti X-elene. Xmek'ek'et smotsob, xlechlajet sni' chich' ik'. Li ik'e xko'laj me mu sk'an x-och ta anil ta xopajtik sbetak sim, ik' tsukan ti' ch'en ta xti'vanan ya'ik. Mu'yuk xa buch'u yan ta sjules ta sjol, tey sk'eloj vechel ta yelov. Sk'eloj ti muxa bu xjatav ti tsebe, yoktake muxa xbak'anuk, xt'elajet ta xi'el.

Sjol xchi'uk yo'nton li Iknasyoe mu snup sbaik ta k'op, ch'akal ch-abtej jujuntal. Mu sna' buch'u ta smantal ti k'usi k'opal ayanuk tal ta yee, li yech'omale xtimlajet k'uchal nukul ta sbek'tal li X-elene; sk'eloj k'unk'un ta sut ta svalopat, muxa k'u xut ta xjatav, te pak'al k'ot ta yi'bel skoral. La to xcha'xonta komel lek sti' li Iknasyoe, ja' no'ox k'alal baj yu'une xpujlaj un batel buy vechel ti X-elene, bat xmich'be snuk' ta anil. ¡Me la avane chavich' ku'un!, xut ta xokon xchikin. K'unto lik tse'inuk stuk, vul ta sjol ti tsebe mu xlok' xk'opoj. Ma'uk xa lek stuk ya'i, naka xa no'ox ta xch'unbe smantal ti sbek'tale, ti sk'ak'al xch'ich'ele. Snukulil sbek'tale xtiltun ta xa'i; ep xupite' xtiltun ta sjol.

X-elene tsots xjaxjun ta xich' ik', ta xi'. Xko'laj xa jatemik sti'il ye ya'el ch-ok' ti snuk'e. Ta xkup ik'taj. Iknasyoe la stsatsal jip yalel ta banumil, bat skajlebin ta anil, xmich'anojbe ta lumtik li sk'obtake. Sk'elojbe ta xlok'anuk ya'leltak sat, k'ok' sba smuk'tikil xchi'uk yutsikil. Li chijetike jeche' no'ox tey sk'elojik ti k'usi ta spasike, mu sna'ik me mulil. Stukike lek k'elvanemik, ta skuchesik xjuch'el ti yaxal k'u yepal k'ok yu'unik ta k'ak'altike. X-elene ta stunesan to ya'i li sk'obtake, chuj o lok'el ya'i li Iknasyo ta sbae. Yo'ntonuk ya'i ta sjot'be sat, snukulil yo' xa'i xk'uxul ti sbek'tal net'bil ta tso' chijtike.

Iknasyoe xchanoj xa lek ta televisyon. Li tseb keremetik ta muk'tikil lume ta sts'uts' sbaik, spikbe sba sbek'talik, snitbe sba sk'obik k'alal ta xanavik pe mu'yuk k'usi chopol ta ilel, mu'yuk buch'u ta xbat yalbe stot sme' li tsebe, ti yu'un ak'u yik' sbaik me ilatik k'uchal ta sparejee. Mu'yuk bu jech xvul ta sjol, mi ja'uk xa ta stot sme' mi ja'uk xa ta j-abteletik mi ja'uk xa ta sbek'tal stakopal stuk; mu'yuk xchi'uk xch'ulel.

Li yiptak stso'boj sba stekel ta sbakiltake muxa skolta batel ti X-elene. Ta stik' sk'ob ta yut stsek, lik xjaxpikbe muyel yakan k'alal to ta sk'unyamanil yo'tak. Ja' no'ox k'alal jol muyel stsek yu'une skakan sba ta sk'al yo' ta anil. Ta sa' buy stik' sba ochel. Ta xmakvan li tsekile, muk'u xut slok'be; ta sbats'i k'obe xch'am juteb slikok bat sk'o'anbe ta sk'unil ti tsebe. Stuke xtats'tun uno'ox, avanuk xa ya'i, ja' no'ox te x-ij-un ta xi'el. Iknasyoe ta xa xlik xchuvajil xchi'uk k'alal lik sk'upin ta vokol ti tsebe; yaloj me mu'yuk tsots ta pasel k'uchal mal xil ta telenovelae, sbek'tale yantik x-alub ta xi'elal.

Laj no'ox yo'nton ta anil. Mu sna' k'uchal. Balchik' uno'ox, xt'elajet yok sk'ob ta xi'el. Muxa xcha'lap lek yu'un li xvexe, sjunul sbek'tal vokol cha'kux talel. Ja' to ya'i tal jutuk li xch'ulel yok sk'obtake, ta yo'nton xtoke cha'ochanuk talel ti ik'e, li ch'anetele. X-elene ta stots ek, syales ti stseke, la skus jutuk spat ta tso' chij. K'alal lok' ta koral ti Iknasyoe te xpujlaj lok'el ek, jech mechuk xa no'ox xontaj komel li sti' skorale.

Iknasyoe bat chotluk ta xokon be. Ech' ta xokon ti X-elene, smukoj sni' ta xmochib, jun xa no'ox yik'al ta xa'i ti sbek'tal stakopale, k'ux k'alal ta xch'ulel, mu ja'uk xtoy ti sate, noj ya'lel ta ok'el. Sjik'junel ti yok'ele tey skap sba ta skets'kunel varachil. Jbatel to k'ot xch'ulel, Iknasyoe sna'oj lek ti mu'yuk to ox buch'u tey nopole; k'unk'un tsatsaj talel, nopaj ta jek. Li skets'kunel okile lek ch'akajtik k'uchal ta xanav viniketik. Naka to ox jech mechuk vechi k'alal tey vul ta lok'el jvo' bak vinik ik' yaman sbek'tal, xch'etch'un xchi'uk jchep si' ta spat. Iknasyoe tstsak li skarton ta anile. Vinike sk'el ti kereme, ta sk'an sjak'be ya'i me oy k'usi ta spas tey. Sjoybin batel sat ta koral, och ta xchapel me ts'akal ti chijetike. K'un to yil ti ta ak'ol toe xvatvun muyel X-elen. Ta xak'be muyel yipal ti xanvile, bat sta ta be ti stsebe. Iknasyoe xko'laj me vinaj smul ta xa'i, stsak lek ti skartone, cha'sut muyel ek. Jeche' xa ta xjatav.

Li sts'ijlej ak'obale och ta yut na, k'ot k'alal ta ti' k'ok' buy puch'ul li Petul Tone. Batem o xch'ulel; xkilet slikok ta xokon ye, k'unk'un xnititet ta xk'ot slet sba ta lumtik. Ta yi'bel nae oy k'usi ta xbak', sts'u'ts'un k'uchal ch'oetik ta spoj sbaik ta xi'el, ta ti'el yu'un jkotuk bolom. Jutuk xa'i, mu sna' buy ta xlok' talel ti ts'u'etel ta xk'ot sjal sba k'uchal najel om ta xchikine. Oy sik; sikil vi'nal, sikil vaechil. Balchik' sjunul sbek'tal, mu xch'ani ta t'elt'unel, och xa sikil ta sbek'tal, ta sbakil, xniknun ta xokon k'ok'.

Petul Tone jeche' te xta'tun, ta x-avan ya'i, sna'oj xa ti mu xtun ti yipe, mu xtun ti sk'obtake, jeche' telajtik ti yoktake. Mu sna' buy oy, ch'ayem ta namal lum, kolem ta sk'ob li muk'ta ch'ul totil po'ot x-och ta sk'elele.

Vik' xa jutuk li satake, osile ik' stekel ta xil; ik' li banumile, ik' li xch'ulele. ¡Milik ka'tik ti k'usi mu sts'ijie!, yu'un k'ux jol, xi ox yaloj pe mu xu' yu'un. Mu'yuk buch'u xjelav yip k'uchal stuk yo' xich' totsel, yo' xjatav lok'el, bat to sa' jbisuk pox ta sna pasaro alperes, buy mal xuch' jujun k'ak'al.

¡Koltaun ek un, Paxku'!, la' to li'e, chti'van jol. Mu'yuk buch'u xtak'bat, mu jbeluk a'yej xtal chapanbatuk snopbenal sjol, xtal ts'akbatuk sbakil, syijil xch'uxuviltak sbek'tal yo' stots. ¿An k'uchal mu buch'u xtak'ave?, sjak'be sba stuk. Ta xlik k'ak'ubuk xchinab, li xi'ele ta xpech' sba k'uchal ch'ojon ta xa'i, ta xnoj ta k'opetik xchi'uk stekel yalal ts'ijlejal.

Xcha'japu no'ox ti ts'u'etel xtoke, yantik stsatsub tal. ¿Me la milik xa me chkal ne?, yu'un chet'bun ti jol chkale, mu'yuk buch'u xbak' k'uchal ti ts'u'etel ta xk'ataj ta ok'el, ta buchbunel ch'ich'e. K'unto ya'i xlebluj talel xk'uxul sakubelal yut na, li satake mu xkuch yu'un; k'unk'un lik st'olanan li xik'tak sate, li sakil lus tsanluj tale ta stub sat. Ta xjoybij batel ya'i buy sna'oj oy ti steme, buy mal xvay xchi'uk ti xchi'ile. Vul ta sjol ti oy jkot uma' stsebe, tenbilal olol. A li keremuke yan o smelol, xi no'ox. Xchi'uk to xchuvajil sjol sk'eloj batel ti yav xnichime, mu xmelolin ta xa'i k'uchal ti mu'yuk xa k'usi jipil li ta skuruse.

Ta sba steme oy k'usi xch'etet ta xlik, k'unk'un k'atbuj ta muk'ta chanul ch'en. Ta xapta ya'i ti xchi'ile. *La' k'elun, la' pojun ta sk'ob ti pukuje.* Vul ta sjol ti mal xa k'ak'al och talel ta snae, anxi chotol ta ti' k'ok' ti xchi'il malavane, sk'eloj k'uyen ta x-an ti si'e.

Mu'yuk xa'i lek k'usi ti la yale. Ta svules ya'i ta sjol. Slajeb jech la k'upin smuil, syail xchi'uk xk'ixnal ti apoxe, li' ta jchi'note, mu'yuk buy ta jkomtsanot atuk, x-ute.

Mu xpaj ta niknunel ti sbek'tale, ya'i to xch'olet och k'ak'alsik ta sbakiltak, k'ot k'alal ta xch'ulel. Jeche' xa no'ox xt'elt'un. Mu sna' k'usi ta xut yo' xjatav batel. Ma'uk jna me li'e, ¿buch'u ti chutilanune? Mu k'usi xbak'.

Xch'etet sutel li ants ta steme; ja' tey ta xa'i ti k'usi sts'u'et ta x-ok'e, pe mu sta ta ilel. ¿Buy oyot?, ta x-avan ya'i, ta xch'av ya'i ta utel ti xchi'il k'u uno'ox yelan mal xut me kap sjole, k'ajom ta stsatsub ti yipal avetele, ta smuk sba ta xchinab.

Ya'i xa lek, ti avetele mu'yuk buy nom ta xlok' talel, ma'uk jkotuk ch'o bu och ta pets'. Li k'opetik ta xal ya'ie ta xk'atbujan ta i'etel, ta ok'el, ta yech'omal yok'el ixim, ta ik', sts'its'etel chitom, bolom, k'uchal x-ok' x-avan stseb X-elen; k'uchal yajval ch'enetik, vitsetik, k'uchal buch'u mu'yuk chapal xch'ulel.

Ch'ay ech'el ti k'opetik ta yee, paj ti lo'il a'yeje, k'atbujan ta ch'ich', ta sts'ijlejal xab. Mu'yuk xa k'usi xko'laj o jech. Paxku' Tsepente'e cha'bitsi ta stem, stub slus, smuk sba lek ta sk'u' xchi'uk xk'ech lek ti nene' X-elene.

Sk'uxul sjol ti Petul Tone k'unk'un ta stani sba ta sjunul sbek'tal. Ta yi'bel snae sta ta ilel yav smachita, stuktuk xa tey jipil. Ta smuts'anan sba batel stuk li satake. Mu'yuk xa k'usi yan sts'its'lajet k'uchal ti ik' ta smus stuke. Xk'uxul sbek'tale ta xalubtas xchinab, ch'ich' ta ye; yok'e xmochoj sba ta xa'i, jeche' te' lukan. Nakastal, k'uchal ta sjok'an sba ta najel ometik ti ts'ijlejale, yo'nton Petul Ton Tsepente'e xbitbun ta yik'ubelal osil jech k'uchal k'unk'un xle'e'et sat skomelal xupite'al li k'ok' ta xokone.

Ta k'atinbak

Lik ta stem ti Iknasyo Ts'unune, stsak smachite xchi'uk spek': Chibat ta kuch si', xut sme' k'alal yil tey kejel ta lumtik, xvulvun stuk ta yeloval sleb sk'ok'. Mu'yuk xa'i k'usi yal ti skereme. Vatsvats stsatsal sjol ta xlok' ta sna ti Iknasyoe; chi'nbil yu'un xk'uxul sikil li tok ta sts'anan sba ta ba te'tike, ta sk'ej sba ochel ta yolon ts'i'laltik. Jal xanav ochel, tey paj ta yok jpets muk'ta tulan, lek to nat jutuk sk'eloj batel ti be buy ta x-ech' jxanviletike. *Li' ta jmalae, li' uno'ox ta x-ech' ta jlikele*, ta snop k'alal svutsan sba yalel ta spat li tulane. Ja' to ya'i oy buch'u tey nopol ta xk'opoj, la stoy muyel jutuk sjol, ta sk'an sk'el ya'i buy stuk'il xchi'uk buch'u yajval ti eil xvulvune. La slev jutuk ti vomoltike: ja' to chil ja' ti Petul Ton tey va'al xchi'uk skumpare Xalike. *Me laj xch'ak sbaike chibat jta ta be li Petule.* Nakastal xa vechi, smich' lek yok ti smachite. K'unk'un xanav batel.

Lek oy, chi-ani choti jlikeluk. Chkani cholbot ava'i, yu'un chibat no'ox: ta sk'ak'alil uno'ox taje tey to la jnup ta yut ts'i'laltik me jkumpare Petule, syak ta stsob vach'te' sk'atin.

¡K'u me avelan!, xkut.

K'alal ya'i la jk'opone xk'achilan xa sjol. Mu'yuk xkuxet yo'nton la kil. Yanaltak yee oy k'usi chalya'ik ti mu xka'itik svokolike: chnikanan, oy xi'el yiluk me ta satake, xko'laj jkot te'tikal chij pa'ibil cha'i yilel. Xjoyet uno'ox sjol ta sk'elel me oy buch'u tey xtal. ¿Me lekot me?, xkut. Mu'yuk stak'bun. Jech tey la jkomtsan, li-och to batel ta yut ts'i'laltik ta sk'elel jchob ek. Liyal no'ox batel ta anil, sob no'ox chisut ox ka'i. Ti jchi'ile ta smalaun ta jna. ¿Me ta jna' me oy k'usi chk'ot ta pasel? Jech, taje naka to jun yual yech'el.

Mu'yuk xka'i k'u yen ech' ti k'ak'ale, xitamlaj xa lok'el tal xchi'uk jchep jsi' ta jpat, xchajchun xa chyal tal ti vits'vits' vo'e. Naka xa jech mechuk chimuy ta vitstik, ja' to chkil tey chepel si' xchi'uk spek'ul ta xokon be. Li xuxubaj to me oy van buch'u stak'bun, mu'yuk buch'u xbak'.

Ak'o me oy bu lot'ol ta stsa'an ti yajvale, yanuk li vo'ote xapipinaj to, xkut jba jtuk. Te jech te k'unk'un li cha'muy batel ta sbelal jna.

Jchi'ile lok' sk'elun ta amak' k'alal ya'i la jkolta yalel jsi' ta lumtike. Asi' le'e to jyox to, mu xtun me le'e, xi yutun, k'e yepal le'e me yu'un xlok' o jk'atintik ok'om avaloj, va' xk'uxul ti sik un to. Ana'oj me lek ti mu'yuk cha-abtej jujun rominkoe. Mi mo'oje naka me abtel ta spas ach'ulel ta k'atinbak me la laje. Ok'ome mu me jna'tik me lek k'epel ta sakub. Ja' lek me la akuxe batan to kuchotal jchepuk.

Bak'intike ta jta ta nopel ti ta sk'an spasun ya'i ta mantal me kajnile.

K'uxubem xa jbikiltak yu'un vi'nal. Sujomun xa la kuch' k'un yaman pajal mats'. La yak'be smuil jkot bak ich bakubtasbil ta semet. Chisutal ta jlikel, xkut li kajnil k'alal jelbunoj xa jpek'e.

Muxa ja'uk stak' tek'el ti bee, k'unk'un xa li xanav yalel. Xvulvun xa ko'nton me mu xlok'tal ti Xpak'inte'e. ¿Me xa ch'un ti tey no'ox la jcha'ta ti si' xtoke? ¿Buch'u van la skomtsan ti si'e?, xi k'opoj ti ko'ntone. Och jk'el ta yut vomoltik me tey oy xach'al chkux yo'nton ti yajvale; me tsa'nel no'ox ta spase jalij xa. Mu'yuk buch'u jta ta ilel. Ja' no'ox k'usi ka'ibe xi'elal ta anil. La jnop ti ja' lek bat kalbe j-abteletike.

¿Me xvul to ta ajol ti mol ajintoe? Ja' le'e, "loktor" chalbik skoj ti sna' spitsel stanal ketike. Xmaklajet chk'opoj, ja' ti kapvots' ta kaxlan k'op chlo'ilaj ta skuy sbae, oy xa mu xka'itik k'usi chal. Ja' bat jsa' yo' xkalbe ti k'usi la kile. Me jmakbe van la snup ta be, me ja' van ti Xpak'inte' lo'laat yu'une, chalik ti mol me'eletike ja' la jun ants chlok' tal slo'laan jyakubeletik ti ta vits teye, ja' to k'alal me lek pech'el ti toke. Me ja' ti Xpak'inte'e sk'an la jmats'antik machita ta be, buy ech'em ti yoke.

Ti ajintoe mu xi xch'unbun. Yaloj la me jeche' ta jut. Mu'yuk buy tal jutk'op tana Ii'e, ti si' chkalbote na'tik xa k'u sjalil tey chepel, yu'un xchi'bal xa velta kok ta xanvil, bat jk'eltik avile, oy k'usi chopol tey, yiloj stuk li jtotik ch'ul San Jvane, xkut, tey lik jbis jsat ta stojolal yo' xi xch'unbun.

Ja' to k'alal yu'un och ta sjol ta yo'nton ti jlo'ile, ajintoe la slok'es "stokalisko" xchi'uk svosinail ta toyol yo' stij lok'el tal ti jchi'laktike. Tey vechel likom ta smalael me oy buch'u sna'ojbe smelolal.

Mu xanav lek ta xa'i ti Iknasyo Ts'unune, li xchukurantik k'obk'obtak yanal makome mu x-ak'bat sta ta be ti Petul Tone. Ta snit lok'el smachit yo' sjam o batel ti sbee, sna'oj ti mu stak' xjalije. *Petule ma'uk pok'chikin, xa'iun, yu'un chich' o tana. Tal xa chajchaj vo', ja' lek me but'ule*, ta snop ti Iknasyoe.

Nopaj xa ta snutsbol, ta syales spek' ta snekeb, k'unk'un sjitun k'alal yil paj ta be ti Petul Ton Tsepente'e. Vul xch'ulel, xko'laj me oy buch'u nabal tal ta spat ta xa'i. Nopol xa ti' te'tik oy, ta sk'ej sba ta xokon be. Naka to no'ox ta sjoybin sjol k'alal xchepluj talel t'oxbil si' ta spat snuk'.

Lek to ox jlikel yech'el k'alal xch'etch'un xa k'otel li jme' kumale Paxku' ta chapanobbaile. Ch'ayel to k'ot jch'ulelkutik k'alal kilkutik xt'elt'un ta xi'el ta sts'el xcha'vo'al yalabtake. ¿An buy iktabil avilik ti ikatsile?, la sjak'. Taj to ta olone, xkut. Xvulvun uno'ox likel, xbelajet lok'el tal ya'leltak sbek'sat. ¡Kajvaltikuk xa sna' me mu ja'ukik ti jchi'ile! Sob no'ox slok'el ta sa' si' pe mu'yuk vulem o. Va' xa staylej ti k'ak'al un, tot, kajval, mu'yuk sutem o talel, ¡k'usi xa un ti vokol snuptanoj chkale!, xi uno'ox.

Me oy van buch'u mu xojtikin ti Petul Tone. Oy jun alak' sba stseb, k'u xa no'ox chal ti uma' lok'e. Lik jtsob jbakutik ta sa'el xchi'uk ti j-abteletike, ak'o me syak xa ta slaman sba ta jol vitsetik ti yik'ubel osile. Yantik jchi'ilkutike stsanoj batel stsajal tojik; yane sjokoik. ¿Me xa ch'un ti ch'abal xa tey jtakutik ti si'e? Te lik sk'elbikun tal jsat ti jchi'iltake. Jeche' chajut k'op, ¡jlo'lavanej!, lik sjajantaun jun pasaro alperes. Jchikin xa no'ox xka'i. Tey xbabat jutuke ti ajintoe te pochol pixolal sta. Muxa buch'u xk'opoj me k'alal yojtikinbe xpixol smalal ti Paxku' Tsepente'e. Sk'an jch'akjbatik, ¡yu'un ta jsa'tik ta komon!, xi ta anil ti ajintoe. Solel ta smak jsatkutik li tok ta yutil xa te'tike. Xi-avlajet ta jsa'jbakutik. Xit'elajetkutik likel yu'un sikil xt'uxulal ti yanal te'tike. Xko'laj xa yelan chisibtasunkutik ti Ojovetik tey ta yut te'tike.

X-ech' jutuk ta jtobunkutik xchi'uk ti Paxku' Tsepente' buy xi somlajetkutike. Oy yatel ko'ntonkutik jujuntal. Ko'ntonuk xa ka'ikutik jtakutik ti jkumparee, ja' no'ox syak chpimub ti sikil ak'obale, och xa xi'elal ta ko'ntonkutik. Jme' kumalee ta sk'an xi-och jsa'kutik ta yolon tojtik, ts'i'laltik, ta pat tonetike. Lubemunkutik xa ta sa'el. Ma'uk jutbil ne'. Suklajet ti jvarachkutik ta sk'a'emal yanal te'tike. Mu'yuk k'usi xkilkutik. Julikel xipajkutik ta xchapel me ts'akalunkutik to. Chk'ux xa jbakilkutik ya'el me sike. Oy yantike slapoj snukul votaik, yan me vu'une ja' no'ox ti jvarache; ti jchujk'u'e yantik x-alub ta ts'ujul buy ch-ech' sts'uts' ta yanal te'tik. Mu' bu xbak' ti jkumparee.

Ak'obale laj xa ox yu'ninun jkotolkutik k'alal la kiktakutik ti sa'vaneje, ti tsajal ni' tojetike tubanuk xa. Mu'yuk xa smelolal me tey to xi komkutike, ka'ikutik xa ti lubemal ta jch'ich'elkutike: ak'o me tey xi tsobet jtekelkutik, ta bats'i melele jeche'unkutik xa, xchanul ak'obalunkutik xa no'ox. Jech tey lisut ta jnakutik, chak' xa ti vayele. Ak'o me x-ok'olet ta sk'an to ta jsa'kutik xchi'il ti jme' jkumalee, mu'yuk xa buch'u xak'be xch'unobil.

Iknasyo Ts'unune xcha'jochoj ochel ta te'tik li Petule, k'uchal jkot vakax ta xbat yich' milel. ¡Xanavan!, mu xa tsatsubtasbun kabtel, ta sjajanta, la jpasot ta kanal, Petul, ¿me xava'i?, me vinaj xt'enet xch'ut ti X-elene mu'yuk me chkik' me anopoj ox chasujune. Yan ti me chamilun ox avaloje vu'un xa kuchku'un.

Petul Ton Tsepente'e yo'ntonuk xa ya'i ta slok'es ti xoka'il snuk'e. Mu albaj yipal ta xti'e yu'un ti ch'ojone, ti tek'el ta xich' julikele ta xk'unibtasbat yip ta spojel sba. ¿K'usi xa uno'ox ti jmul ta atojolale, ch'ul tot? K'ux ti jvokol va' buy xjochet ti kajvale. ¡Bak'ne la jsokesbe sjol yo'nton ti avalab anich'nabe?, x-ok'olet ti yo'ntone. Mu ja'uk xkoltaat, k'alal vul to jutuk xch'ulele sta ta ilel ti kereme ja' ti la yil ta sts'el skoral ech' xcha'bal xemunae.

¡Avokoluk!, mu jk'an li' xalok'esbun ti jch'ulele, mu to jk'an xicham, tey ta smalaikun ti jchi'il xchi'uk jnich'nab ta jnae, xvulvun ta yut yo'nton xch'ulel. Ja'uk to jech pasbatuk vo'ne k'alal lek to ox ta xk'opoje, lek ta xchapanik ti mulil xchi'uk Iknasyo jechuke, ma'uk ta majel ta milel, lek xvechet ta xich' ik' k'u yepal sk'an ti yo'ntone, ma'uk ta xi'elal k'uchal lavie. Oyuk to k'usi xut yo' xk'uxubinaj sjol yo'nton ti Iknasyoe, x-albat k'usi ja' skoj ti xjochet yajval ta te'tik k'uchal ts'i'e. Jbel xal ti yaj milvaneje, mu ja'uk x-uninaj sjol yo'nton, lek xa jlikel bajbat ta ts'ijlejal li xchinab ta pujel ta tek'ele, xko'laj me cha'och ta muk'ta xab k'uchal slajebal ep la yuch' pox ta skeremal to oxe. Skiloj ochel ta yutil sukulal te'tik; ta jujetel yoke ya'binoj k'u yelan ta x-alub sbek'tal takopal ti Petul ta vomolaltike, xko'laj me ta spojik ya'ik komel. Ak'o me mu xa k'opoj ta uno'ox xich' na'el ti vu'un la jtsak atsebe, xi ti Iknasyo k'unaj xa ta xanave.

¡Xalik, Xalik!, la stitun ti jchi'ile. Sakubel xa rominko. Mu'yuk to ox likemun k'alal xvulajetik xa talel ta sts'el jna ti j-abteletik chcha'ik'vanik xa ta sa'vanej xtoke. Xbitbun xa ko'nton lilik ta anil. Li lok' ta amak', tey kil pech'el xchi'uk sikil ti tok ta osilaltike. Ta amak'e syak ta xjuxbik ye xmachiteik li jchi'iltake.

Ta ak'obaltike mu'yuk lek xivay. Ti k'usi xvik'vun o jsat yu'une ja' ta snopel buy bat ti jchep si'e. Oy buch'u ech' xkuch, chana' me yilunkutik buy xi-avlajet xisomlajetkutik, ¿buy xa uno'ox van la yich'ik batel?, xichi to jubatel. Chana' me ta slabanunkutik no'ox ya'i. Me tey van xi' me jtakutik o xchi'uk.

Ta xpajesat xa yu'un slubemal. Iknasyoe bat spuch'an ta yok jpets tulan ti Petule. Muxa xanav jset'uk, ta to x-avan ya'i. Naka no'ox i'etel xchi'uk ts'u'etel ya'binoj ti Iknasyoe. Ta xt'olbat xa snukulil yu'un ti xoka'ile, balbat xa ta ch'ich' ti snuk'e. Ta sk'an to sjitun ya'i, oyuk to k'u xut stsatsubtas yip yo' skolta sbae, ja'uk to xlaj ti k'uxi ora sta ti sk'ak'alile, le'ni jmoj to tek'el ta xch'ut k'unibtasat. ¿Avil un?, li'e ma'uk jech ak'anoj, pe jo'ot no'ox atuk lavilun. Sk'aneluk xa o la nopaj k'otel ta koral chij buy naka la ku'nin ti atsebe; sk'aneluk xa o jech lavak' aba ta ilel, k'unk'un ta sk'opon k'alal stsinbe ti xoka'il snuk'e. Petule xtek'tun to yakan, ta x-ik'ub stekel ta xa'i. Muxa sts'ik xk'uxul sjunul sbek'tal stakopal. Ta xbot'k'ijanuk xa lok'el sbek'tak ti sate; ta xnoj ta vo' ta ik' xchi'uk lajelal ti xchinabe; yo'ntone jutuk xa xyakyun, natik natik xa ta xich' ik'.

Iknasyoe ta xchap xoka'. Sjip muyel ta toyol sk'ob tulan, xch'ojone mu sta o ti k'u yelan snopoj ox ta xchukbe sbek'tale. Xchechbe to jmoj tek'el ta xch'ut, muxa xbak' kom yu'un. Natik xa yok xanav lok'el ta te'tik ti Iknasyoe, ja' uno'ox tey stambe sbelil buy la sjam xchi'uk xmachit k'alal lik spa'ie. K'alal jutuk xa ox sk'an xk'ot buy chepel skomtsanoj ti si'e, ja' to ya'i oy buch'u tey xpiobaj, xko'laj me buch'u ta sa'van. K'alal yil ti mu'yuk buch'u tey xtale, k'unk'un nopaj batel ta xchechel ti si'e, mu'yuk xa sjitun.

Li cha'nopajkutik ech'el ta ti' tetik. Ta vo'vo' la jch'akjbakutik. Jlome ta yolon be batik, yantike ochik ta yak'ol. Li jalijkutik jun ora xtok, mu'yuk k'usi ta'bil o. Mu'yuk buch'u sta yav okiletik ta chanel batel. Ja' vul ta jol buy la jsa' ta yak'obalil samele. Xko'laj me tey xa no'ox nopol oyunkutik ya'luk. K'usi ta jsa'tik teye, tey xa me li j-ayotik volje chkile, la yalbun ti Jilberto, xnich'on mol ajintoe. Mu'yuk buy xkich'be ta muk' ya'yej, te nakastal la snabpatiikun batel ti yantike.

Nat to li xanavkutik ochel ta xcha'sa'el. Li cha'sutkutik yalel ti buy syakel chimuykutik oxe. Ja' to chka'ikutik xi'eltik xa la yik'unkutik batel skerem mol ajinto ta yok jpets muk'ta tulan, nopol xa ti buy la kiktakutik sa'el ta samelale. Ja' tey busanbil li si' ta yok muk'ta tulane, mukbil ta lumtik xchi'uk jlik balomch'ich' kotonil. Xipilajet xi avlajetkutik xa ta yik'el batel ti yantik jchi'iltakutik yo' xilik ti k'usi tey la jtakutike.

K'alal sut talel li Iknasyoe, vinike tey anxi chexel ta banumil la sta, te' tsinan xa. Lik xcha' t'un muyel li sk'ob tulane, yan xa o k'ot ta sat, pek'el no'ox xchi'uk xjelav to st'omlej. Ta sjitunbe spek'ul ti si'e, sts'ak xchi'uk ti yak'il xoka'e. K'un to lik sten muyel k'alal to ta sk'ob li tulane, lek sta o k'ot. K'unk'un lik snit muyel yo' sts'uyanbe sbek'tal stakopal li Petul Tone. K'alal jok'ol xa yu'une svu'ilan sk'el yil me oy to buy ta xbak' jutebuk: mu'yuk k'usi jbel xbak'. Naka to jech mechuk ta stsuts yu'un k'alal ya'i xpilajet x-avlajetik talel viniketik. Ta xak'be yipal ta sjambel skoton; ta sjayal ye xmachite xtuch'ilanbe snukulil ti Petule, ja' to ti k'uxi lok' xch'ich'el yu'une.

Jech le'e ta snopik me epik ti buch'utik la sjok'anoxuke. Ok'ome nom xa ox bu oyun, ¿ali jme'e? Chkalbe ti tal jsa'otkutike, ta sk'opon to. Stoy ti kotonil buy la slosane, ta smuk o komel ti si' ta banumile. Smala xch'ani ti yavanel jsa'vanejetik yo' snaban sba batel ta spatike. Petule te jipil skomtsan ta yik'ubelal osil.

Melel xkal, muxa xvul ta jol k'uxi ora slajeb la kiljbatik. Chavil ta parajee xkojtikinjbatik jtekeltik. Yan vo'ote mu'yuk xka'i k'usi k'ak'al la lok' talel. Ah, jech ne', mu'yuk xa buy nat jsa'kutik ochel. Buy la jtakutik ti si'e naka xa no'ox la jtoy muyel jsatkutik, Petul Tone tey jok'ol chukbil snuk', sk'ob, sbek'tak yat xchi'uk yakan. Ja' tey yich' tunesel ti spek'ul si'e. Aviluk toe. Mu'yuk skoton, mu'yuk xvex, mu'yuk xa xch'ulel. Ma'uk xa yilel me Petul Ton k'alal t'ananbile: spat, snekeb xchi'uk yo'take tuch'kurantik uno'ox. Xkapet me jolkutik buch'utik la kilkutike. Ti bek'talil lok'em xa xch'ulele xjoylajet yajval ta yaxal jovetik. Lik xanavuk ta jch'ich'el me k'ak'alsike, lik spuk sba ta kakantak k'alal ta jol. Po'ot xa ox o'lol k'ak'al un bi.

Jme' kumale xchi'uk yalabe muxa sna' k'usi ta spasik. Paxku'e ta sme'la ok'ta li smalale. Jalal nich'on Manvel xchi'uk X-elen eke chlaj-ok'ik ta jek.

A li Petule la stakik batel ta k'atinbak, ja' la tey chbat jch'uleltik stoj ta abtel sbatlej osil ti jmultik la jpastik komel ta sba banumile, teye muxa la xu' xpojvan ti kajvaltik me yu'un jech li jbatotike. Yanuk ti Petule mu jna'tik k'usi smulinoj batel yu'unik.

Ti j-abteletike la yalik ti xu' xa syalesike. ¿K'u xa uno'ox chal le'ni, kajval? ¿Me skoj van ti chasa' vach'il si' li' ta yolon te'tik la smiloxuke, li' ta ts'i'laltik yajval ti jkuxlejaltike, ti jch'ich'eltike? ¿K'uxa un chal ti jech labate, buch'u xa uno'ox ti jech la spasbote?, x-ok'olet ti Paxku' Tsepente' kejel ta yichon sbek'tal smalal k'alal yal ku'unkutike. Xkach'kun ti ye ch-avan ya'ie, mu buch'u chchikinta. Ja' xa no'ox te batem jsatkutik ta sk'elel k'u to yelan tuch'em ta ch'ojon snuk' ti Petule. La stakik ta yich'el jlik pop yo' xich' kuchel o batel ta sna.

Mu buch'u sna' buch'utik ti milvanike. K'alal och ta mukinal ku'unkutike mu'yuk jitunbekutik ti yoke. Jech chukul ta xch'ajanul bat ku'unkutik ti yakane, ta ts'akale xu' la me xal sba stuk ti jmilvaneje. Yu'un ti buch'u milvane jech la chukul cha'i ti yok eke.

Jech ta melel, jkumparee sts'ijet no'ox, mu bak'ne stoy sba. Vo'nee yich' k'okbel yok' yu'un ti yajnil skoj syakubelale, taje yan o smelolal xtok. Ava'ixa k'u yelan la jtakutik ti Petule. Li' xa no'ox oyot ta Jobel un cha'a, ¿k'u van chal ti muxa xak'an xbat ak'el ti ame'e? Chal stuke lajemot xa la.

Ch'ayel

Xjok'olet ta vomoltik ta xmuy ta vitsal be ti X-elene, ta xti'bat sbek'tal yu'un sikilal pech'elal tok. Li yakantake jech mechuk ta xtek'ianan ta bilil be; kajtsajuk xa ya'i buy to nakal ti Iknasyo Ts'unune.

Xana' xa-ok' bats'iluk. Ja' no'ox na'o ti mu jechuk te chlaj ko'ntone, batan chi'no un, yu'un uno'ox lak'an, k'usi chalik ta atojolale chalbikun ek ti ame'une. Ana'oj lek ti li'e mu'yuk jtak'intik, mu'yuk buch'u ta smalk'inotik. Naka no'ox ok'el chapas, ¡batan me xch'a ta sa'el chkale te no'ox xa alet chkil!

Smukoj sni' ta jlik yax-elan mochibal ti X-elene, ts'ijil ta x-ok'. Sna'oj lek me tey sta ti Iknasyoe ma'uk xa te ta xkol o. Ti ta x-ok'e ma'uk skoj ti k'usi ta xbat spase, yu'un ti k'exlale ta sjovibtasbat yo'nton, ta xkapesbat sjol. Mi ja'uk sobajan ti yakantake, jech mechuk ta xt'olanan ta chab ach'el. Nakastal xtobtun ta xmuy, ti tsinil toke mu x-ak'bat yil lek ti be buy ta xanave. ¿K'usi ta xut yo' xak'be yil ti xk'uxul yo'nton, tik'bel ta sat ti smule? Xchivchun sk'ob ta sa'el k'usi xjoch o sba muyel, k'usi xkoltaat yo' xkajtsaj no'ox ta anil.

Kajtsaj ta vokol, k'ot ta sat li mol xamital na ta jol vits jutuk xa ste'tikale. Xjayayet ta xjatav lok'el xch'ailal ta sk'al stexail sjol.

Buch'u oy yorae sna'oj ti o'lol xa k'ak'ale. Sna'oj lek k'u yelan ta x-ech' ti k'ak'al un bi. Yanuk X-elene xu' xa xtubbat yav yok yu'un ti lajel ta xa'ie, mu jna'tik k'uchal yo' jech k'ot ta stojolal un bi. Ta xnopaj ta sti' li mol na snakleb me'onal ch'ulelal, jun ants xch'ulel tuk ta xokon te'tike. Tey paj ti X-elene, ta st'ol ya'i yanal ye. Yo'ntonuk xa ya'i xnichimaj lok'el ti k'opetik ta yok'e, yanuk le'e naka no'ox tuch'benal k'op xka'itik, yok'e ta xcha'pux sba ta yut ye bajal ta xi'elal. Babat to batel ta tenelte' sti'il na. Xnach'sati ochel ta sk'al me oy buch'u tey. Vanae sjam li ti'na ta anile, X-elene mu ya'i sut ta svalopat. Xbitbun yo'nton ta xi'el, xchi'uk ya'i oy k'usi k'un ta xtek'van ta yut xch'ut.

Ya'i smusmun sni' ta x-ok' X-elen ta sti' sna ti Vana Ts'unune. ¿K'usi xa uno'ox tal sa' ti tseb le'e?, xut sba stuk. Yaloj me jsibtasvanej lok' talel ta yut ts'i'laltik ja' ti noj ti toke. Kejel to ox ta yichon skurus ta sk'opon yajvalel vinajel k'alal yil xko'laj nak'obalil xjoyet ta sti' sna, k'unk'un nopaj batel. Le' ni tey xa va'al, mu to xch'un me bats'i ja' lek ti X-elen Ton buch'u k'ot ta snae.

Satake sitemik ta ok'el xchi'uk ich'mulil. X-elene ta xi' me xich' vulk'optael k'uchal j-elek' ts'i'. Ta st'ol yanal ye, sk'ope ta xk'atbujan ta snak'obal xi'el. Slok'es tal sk'obtak ta yolon xmochib. Ta yeloval sat Vana Ts'unune lik sbak'esan sni'tak sk'ob, xyal xmuy uno'ox, k'unto yil ti jeche' ta xak' svokole; snak' li sk'ob ta yut xmochib xtoke. Vanae mu sna' k'usi ta spas, k'usi ta xalbe ti X-elene. Ja' to yil tsojik sbek'tak sat ta ok'el, ta xokon satake xmelajet ya'lel ta xk'ot ch'ayuk ta xmochib. Lu'bem xa satak ti Vana Ts'unune, stsatsal sjole xkapijan xa ta tok ti sakile. Nopol vechajtik sk'eloj sbaik, xt'elt'un yo'nton ta xi'el. Svokol xchi'uk sme'onale mu xak' ch'ayuk ta sat slok'obal ti X-elene.

Ak'u k'opojuk, ak'u yal ti k'usi ta sk'ane, vu'une mu jna' k'usi ta xkalbe. Lok'uk to ka'tik yu'un ti k'usi ta sk'ane, jbel cha'beluk no'ox, lek xa jechuke, xi ta yo'nton stuk ti Vana Ts'unune.

Ts'ijil k'uchal jpets k'ox chajal te', ja' jech mu xbak' ti X-elen tey to vechele, ta sa' buy beal xu' xlok' batel, buy mu buch'u xpajesat, ta snak' sba ya'i lok'el ta sat ti Vanae. Lok' xa xchanibal yual yich' tsakel yu'un ti Iknasyoe, xko'laj me mu'yuk to jal ech'em ta xa'i. Jech k'uchal ti yipal majel xjap'luj ta xokon sat yu'un sme' jlikel toe. *Ta jk'el ka'i ti Iknasyoe, ¿buy oy?* Slok'es no'ox li sk'ob xtoke, mu'yuk k'usi x-al yu'un, jeche' xchivlajet mu'yuk smelol.

Mu jna' k'usi tal apas, mu xa ok', ¿k'usi tal aval, k'uchal k'e yelan ak'elojune?, ¿k'usi la spasboxuk?, ¡ta me xanik chkil!, ava'i k'u yen ta xti'van ti sike, mu jechuk xtal ala'banun, k'opojan, Vanae mu xtak'bat jbeluk. K'usi vu' yu'une ja' sbolajesbel ya'lel sat xbelajet ta sakpak'an snukulil X-elene. *¿Buy ti Iknasyoe?*, oy kol yu'un, ta xal ox ya'i, ti k'opetike tey no'ox pak'ajtik kom ta yok' xtok. Ta ts'akale joybijanuk lok'el tal ta muk'tikil ok'el. La xa yak' lek ta yo'nton ti mu'yuk te oy ti Iknasyo ta snae, xchi'uk mu'yuk xa buy ta xil o. Mu sna' buy ta xbat. *Manchukuk uno'ox livok'e, skoj ti antsune jun yalal ta kuchel ti jmule.* Xpujlaj lok'el ta anil, mu'yuk xa sk'elbe komel sat ti Vanae, tuk' ik' xojan ye li ts'i'lal st'unoj batele, mu'yuk buch'u ta stunes ti be buy och batele, ja' xa no'ox ti sts'ijlejal yoktak stuk ta xcha'kuxese. Ti sk'obtake ta sjam batel ti tok sts'isoj sba ta te'tike.

Skoslajet ta xk'ejinik ti mutetik ta smalubel k'ob te'tike. Ta xanav. Mu sna' buy ta x-ik'at batel yu'un ti be mukul ta yanal vomoltike, ti be pixil ta xi'ele. Yo'ntone xbitbun ta anil, sujom ta yich'el ik', yaloj me ja' xa te ta xch'ani ta bitbunel me tsots to ta smuse, pe k'ajom k'atbuj ta xi'el stekel. Ya'i ti ye sme' ta sa'vane, tal to jmoj tek'el ta yut xch'ut. Muxa ox sk'an buch'u sna' ti xchi'noj yole, yanuk ti sme'e k'otem ta sat. Mu sna' buy jotukal ta xbat, li te'tik ta xile xcholoj sbaik xko'laj me xchapoj ya'yejik ta xchukvanik ta be, ta xti'van ya'ik.

Albuk uno'ox yu'un sme' ti ma'uk ta yutsilal yo'nton jech laj spase. Svaklajunebal ya'vilal, jech mechuk sts'otoj sba ta sk'a' mochib, yik'al sk'a' tsek sjaloj stuk xchi'uk sakil chil, ch'iem talel ta sme'onal stot sme', mu'yuk ich'bil ta muk' yu'un smuk Manvel, mu'yuk buch'u spojel ta xch'inal skoj yuma'il, mu'yuk buch'u xpoje k'alal yich' tael yu'un ti Iknasyo Ts'unune. *Ma'uk no'ox te sta'o ya'i* ti la yilbajinun ta yipal yo'ntone, ta snop, jna'oj lek ti ja' la smil me jtot xtoke. Jechuk to me ya'i k'otuk ta sbek'tal ta stakopal me laj me cham eke, yich'uk to me ya'i svokol eke.

    Mu jutbiluk. Kaloj vu'une naka no'ox k'uxch'ut staojot, ti ave'el ta xa xeta jujun sobe kaloj me skoj no'ox spajubel. ¿K'usi chavut ti k'usi oy ta yut ach'ute? Buch'u xa no'ox chch'un avaloj le'e, tey xa van xchanibaluk yual. ¿Buch'u ech' avu'un? Ana'oj lek buch'u la levbe avo', bat sa'o un, ak'o sk'elot ak'o smalk'inot. Kuxluk ti atote avich'oj xa yu'un, ta xvul ta sjol k'usi la yal ti sme'e.

    Ta snutse yu'un xchanul vits ta xa'i. Jutuk xa mu ta xtae. *Avich'oj xa yu'un*. Ta snop me oy buch'u somol ta toktik ta xpa'ivan. Ta xk'ak'esbat xchinab yu'un yech'omal ye sme'.

    Ta to xanav, yakantake smats'lajet ta yach'elal sk'a'emal yanal te'tik, skomelal xchanul vits. Ta xa xlok' ya'i batel tey, manchuk ti smuk'ul xch'ut ta xmake yu'une. Ja' to ya'i oy buch'u avan tal ta spat, joybij sk'el ta anil. Mu ja'uk k'usi sta ta ilel yu'un li toke. Sjol yo'ntone batem xa ta xi'el. K'alal xa jech mechuk ta xcha'k'el sutel sbee, ta anil xjap'luj tal jmoj t'oxbil si' ta spat snuk', xpatluj batel ta lumtik, tal to jmoj tek'el ta xch'ut.

    Vokol xa ta xich' ik'. Mu xa vuts'intaun jech, lajuk xa o jech ti avon'tone, xi ta sjol yo'nton, xkanet ya'lel sat ta yok'itael sba. Jun yalal sikil yipal ta xnet'bat yok, sk'obtak, sjunul sbek'tal. Ti ik' ta smuse ta xjot'bat sni' yu'un sikil. Ta stost to ya'i. Stsek xchi'uk sjol yakantake balomch'ich'taj. Keji to ta vokol, sate bonol ta ch'ich' xchi'uk ta ach'el. Sjob ye ta xlok'tale te ch'ay batel ta sbek'tal tok ta anil. Me mu'yuk ta xkich' ik'e ti k'usi oy ta jch'ute mu xich' ek, ta snop, la stsatsal tsakun, slomesun ta yut skoral xchij jme', la snet'un ta tso' chijtik, la sjolbun jtsek xchi'uk slevbun ko' ta sts'ijlej smaleb k'ak'al. K'elavil un buy oyotik yu'un, ¿me xka'i ta xa ts'iji tana taje? Mu'yuk buch'u ta sventa. Li stuke na'tik bu oy. Ja'uk ya'i ba'yel xti'e ta xuvit ku'untike. Muxa ja'uk xu' ku'un, la paj xa ta bak'bunel. Ta xt'el ti X-elene, ta xmakbat sat yu'un tok xchi'uk ta xtakintasbat yanal ye, ta to x-avan ya'i, kejel ta sti' yo'nton vits.

K'unk'un ta slosk'ij yalel ta banumil. Mich'bil snuk' yu'un sikil k'obil, sk'eoj tatub xch'ich'el ts'anal ta ach'eltik, pati yalel ta lumtik. Xmuch'an sba xchi'uk sjol yakan ta xch'ut, sk'obtak ta sti' yo'nton. Mu'yuk xa buch'u xk'oponat yu'un, xko'laj me naka to vok', much'ul ta sk'ob sme'. Ya'i to jmoj tek'el ta yut xch'ut, jaxpikel ta xtijvan ya'i, ta xjulesbat ya'i xch'ulel. Juteb xa sjob ye jatav lok'el.

Ch'ayemal nich'nabiletik

Ti Lole k'unk'un ta st'ol xik'tak sat yu'un sk'uxul sjol, xko'laj me lom talel ak'obal ta sba; ta smak sni' yu'un stuil yik' k'usi ta xk'a' ta yut sna. Mu ya'i lik ta stas ta anil, slap stsek, sts'ot ta stsajal chuk.

K'alal bat spok sate stusilan batel stsatsal sjol. Ch'ayel to k'ot xch'ulel k'alal komkomik ya'i ti sni'tak sk'obe. ¿Buy ti stsatsal jole? ¿An k'uchal ti k'ok' xa sba snatikile?, mu sna' k'usi ta stak'be sba. Sni'tak sk'obe muxa staan ta sa'el ti sjol jpich' ta yijikil no xyomyun k'alal ta xchukbenal to oxe. ¿An bu xa un bat ti stsatsal jole?, sjak'be ti Manvel mukul to sni' ta xchijal k'u' ta xvay ta lumtike, o'lol to vaechinajel ta xa'i. Samele, ech'em xa ta o'lol ak'obal vay ti Lole, mu'yuk xa'i k'uxa staylej ak'obal sut talel.

Manvel, ¿an k'usi ti la jpase?, albun ka'tik k'usi lavutun. K'usi ta sjak'ane ta xtukanuk ta ik', ta yuninal sob ik'luman osil. Kuxluk to stot li Manvele sob no'ox oyik ta te'tik ta xkuch si'ik jechuke. Yanuk li stuk xa ni muxa buch'u xtije jujun ven sob, mi ja'uk ti stsebal ajnil xjak'jun xchi'uk xk'uxul yo'nton k'usi spas ti stsatsal sjole. Ak'o me ta stijilan, mu xjulav ti kereme.

Muxa sna' k'usi ta spas ti Lole, stoy xchi'uk slilin sk'u'tak ta sk'el me tey nak'al ti stsatsal sjole. Mu'yuk k'usi sta, mi jbejuk st'unobil. Ch'ayel to k'ot xch'ulel k'alal stoy ti xchijal k'u'take te nak'al jun yavil vo' noj ta Resistol 5000. La yikta ta slabanel k'alal vul ta yo'nton ti k'usi ta sa'e. ¿An k'usi ti la kich' pasbele?, tey xvulvun xchi'uk sjol yo'nton. Sat xchi'uk sk'obtake xt'elajetik ta sa'el ta yut sbejlel na. ¿Buch'u xa un ti jech la spasbune, kajval, buch'u ti chiyutilane?, k'usi xa tsnopik ti viniketik me jech xi yilikune, chalik me ta jchon jba bu junukal uch'ob pox ta muk'ta lum, ta sjules ta sjol. Manvele lik xcha'vol sba ta xchijal k'u? Mu'yuk to bu snopoj ta xlik o, ak'o me muxa jaluk sk'an xvul ta lok'el ti k'ak'al ta spat vitsetike.

Yok'el Lole ta sibtas sme' alib ti naka to tsuts stik'el yot ta sjaye. Sjok'an komel ta yi'bel na li xchikin semete, k'unk'un nopaj batel ta sna yalib; snach'sati ta k'al na ti tseb xvalk'uj sutbij k'uchal junuk me' chuvaj ta sjipel svak'unel sbel snae. Lik svu'ilan ti Manvele, choti yu'un pe lut'ajtik xa smotsob ta xk'elvan, mu ya'i sut ta svalopat ti Lole. ¿K'usi chak'an chkale, bo'lat Lol?, ts'ijlan ka'tik ta lek no'ox, vayan to, ti k'opetik lok'anuk tale k'atajemik ta tomalch'ix jot'bat xchikin ti Paxku'e. Albun k'usi lavutbun ti jole, xi ti Lole. Kapem xa sjol lik ti Manvele; k'alal la slap xvexe, sta ta tsakel xvarach xva'et to stuil k'uchal k'a'emal bek'et. Va'tsaj lek, nopaj batel ta Lol ti syak xa ta sjam sti' sna yo' xjatave. ¿Lavil un?, le'e skoj abo'latil, ts'ijlan, muxa jk'an xtal asa'bun jol. K'u xa sva'lejal ti Lole mu bak'ne x-albat bo'lat, ja' no'ox ti k'alal sut talel ta Jobel ti Manvele ts'ubajtik sni' sk'optak, ta xipajesan o'ntonaletik k'alal ta x-och ta chikinile.

Metsel jtel machite sta ta amak' ti Paxku'e, mu'yuk xa xchi'uk sna. La stoy likel, bat snak' ta k'al si'tik cholol ta pat na, yo' mu syayijes sbaik xchi'ukik. Le' xa uno'ox ta xi' yu'un ti yol k'uchal junuk j-elek'e, mu sventauk buch'u stsak ta il ta leto; mechuk to oxe sts'ijet no'ox, jch'unej mantal xchi'uk j-ich'vanej ta muk', k'uchal junuk kerem julem xa lek xch'ulel. Ta jlikele, ch'ayal xa ox lek yo'nton te votsol sta cha'lik chilil ta amak', yil ta anil ti ja' yu'un yalibe, la yani kolta komel, cha'nopaj batel ta k'alnatik k'alal ya'i lik no'ox ta ch'evch'unel ti yol xtoke.

Bat lek jlikele, ta yolon ti k'u'iletik mu'yuk to ox slaban ta ba'yel ti Paxku'e, te votsol jtsop tsatsal jolil. Ta sjop ox yaloj, ja' to yil jeche' xlililet yalel, sesintabil stekel. ¡Ts'ijlan xa, Manvel! ¿K'u yu'un ti chkap ajole?, xi ti Lol ta yut snae. Ta sjam xa ya'i ti'na ta anil ti Paxku'e, ja' to ya'i mu ja'uk k'usi stak' utel. Ts'ijlanik xa un to, muxa xavut abaik, x-avet ochel ta patna. Ya'i ts'ijtsajik k'uk sjalil, bat jlikele likik no'ox ta vulvunel xtok.

¡Kalojbot xa uno'ox ti ta jsetbot li sne ka' ayomoj ta ajole! ¿An me mu xava'i chkal ti ja' jun avutsil jeche? Li yavetel Manvele xbejlajet lok'anuk tal ta sk'al yi'bel na. Paxku'e lik xcha'xujilan li ti'nae. K'alal xk'ojlajan uno'ox sbintak yalibe lik yat yo'nton xchi'uk. Sk'eloj ochel ti mich'bil xa snuk' ta yi'bel na yu'un skereme. Lole k'ok' xa sba sat ta xi'el, ta sk'an sjitun sba ya'i ta sk'ob ti Manvel ja' x-ech' to yip k'uchal stuke. Vokol xa jelav ta snuk' ti ik'e. Xchivlajet uno'ox sk'ob, ti xi'elale muk'taj ta sbek'tak sat, ts'u'ajtik ta xt'om xa ya'i yok'el.

Ta st'ol sat ta yi'bel na ti Paxku'e. Vul ta sjol k'u yen balomch'ich' yich' milbel smalal. Kap sjol yo'nton. Yanima chi'il: uch'bil xch'ich'el ta banumil. *Achi'ile la smilboxuk. Tey jok'ol ta te' tuch'kurantik snukulil la jtakutik.* Ti sna'el xchi'ile ta xbik'tajesbat yo'nton yu'un. Kalojbot xa uno'ox ti xabon yanaltak ave k'uchal tsebetik ta Jobele, k'elavil un mu'yuk apasoj o, ti xalap komkom atsek yo' jk'upinot leke, ¡yu'un ta jk'an xach'unbun ti jmantale, ixtolchak Lol!, xk'ak'et k'opoj ta xchikin yajnil ti Manvele, xmich'ojbe snuk' ta yi'bel na, tey bajalik o.

Paxku'e xpujlaj batel ta sna ta anil. Nopaj k'otel ta yichon xnichim, keji. Jk'otel ta sat skurus ts'ukul sjol ta banumil, stub ti jbej svelarora tsanale; xchi'uk syijil takik'ob sva'an ti skuruse. ¿K'usi xa stunel cha-jk'oponot mi mu'yuk xa chavich'un ta k'uxe? Mu'yuk xa lek ti k'usitik chk'ot ta jtojolale, xvulvun. Ch'ay xa sjol yo'nton xchi'uk ti k'usitik vulanan ta sjole:

Ep ta ich' ay jvu'lantik ti Me' Tuluk'e. La uno'ox yalbotik. Chotol talem me avole, mu'yuk me lek. La kich'betik batel jmoch ston yalak', kaxlan vaj xchi'uk sresku' yo' stuk'ubtasbotik. Chjalij ta snet'ilanel ti jch'utik ta staki sikil k'obe, yanuk ti koltike jlikel cha'joybij xtok.

Mu xtun xi j-ok', Manvele koltik to. Mo'oj ne', la jlok'es ko'ntontik ta slajesel ta sk'elel pe mu'yuk k'usi bal ya'i. Yan sba xbak', xutotik li jnet'ome. Ja' xa uno'ox tey la ka'itik ti kerem koltike. Sta ti yak'obalile vok' no'ox, ja' o jech mechuk la kich'tik pus. Oyuk to xjalij ti xk'uxule, xko'laj me snutsoj talel ta yich'el ti yik' banumile. K'alal ya'i vok' xnich'on ti Petule bat syakubtas sba sjunul xemuna xchi'uk, skoj smuyubajel mu jbeluk xbak' o ta jnatik. Yanuk ti X-elene mu'yuk xk'opoj o, ak'o me lok' xa ox ta oxib ja'vil. La to jmalatik me xchan ti k'opojele, yu'un ti smuk Manvele jech mechuk lok' ta ja'vil k'alal ayan ti k'opetik ta yee, sk'an xa uno'ox xchu' me ya'i ta xvi'naje; ja' to k'alal lok' ta vo'ob ja'vile la yikta li xchu'e, ja' tey kiltik ti mu xa xk'opoj o ti X-elene.

Ja' jech bat. Ta xokon stot ch'i talel ti Manvele, jmoj la yabtelanik ti xchobike. K'alal ch'ay li stote lok' jsa'tik ja' to ti ka'itik jok'anbil ta sk'ob tulan la staike. Ja' no'ox me tey un, muxa jna'tik k'usi k'otanuk ta stojolal ti kuts' kalaltike. Ti kalabtike mu'yuk xa stotik komik. Te k'unk'un lik stsob sba jujun k'ak'al ti yatel ko'ntontike, jun k'ak'al jkeremtike la yal ti sna' xa la x-abtej stuke, ti xu' xa la yu'un smalk'inel antse. Te bat jchi'intik ta sjak'bel yajnil.

Ti Lol xchi'uk koltike jmoj sja'vilalik. Ja no'ox ti tsebe ayem ta chanvun. Manvele sna'oj ti ta x-abtej me sk'an xve'e, jech xchanoj komel yu'un stot. Yech'oxal lik sk'an ti yajnile. Yanuk ti Lole muxa buch'u stak' st'uj yan ya'i, jmoj chnakiik slajesik ti k'usi staik xchi'uk koltike. Vo'lajun k'ak'al to ox xchi'noj sbaik ti Manvel k'alal la snop bat ta Jobel sa' lekil abtele, ep kom yil ta lekomajel, sk'an sa'be xk'exol ti xch'ome. Ta peonale mu xlok' stojol ta tsobel, xi no'ox. Chib xemuna k'o jmoj nakiik, kom jchi'intik ta naklej ti kalibtike.

O'lol ja'vil jelav, jeche' xa xta'et kuchbil suteltal yu'un sjuntot Xun ti koltike, jeche' xk'amamet sbek'tal stakopal k'uchal vots'bil ixim. Mu xkuch ti stuil yik' xva'et ta nome, chalajtik sbakil k'uchal yijil mol, sk'aneluk xa jech kuxul sutal. Xi jmochlaj xa batel ta sna j-ilol ta anil me skoj van xi'el, komel, me skoj van ik', me pojbat xch'ulel yu'un sk'op ti jkaxlanetike, yu'un muxa xka'itik smelol ti snopbene, anil ta jek ta slis ti ik'e, xko'laj me ma'uk no'ox ik' ta sk'an ti sni'e. Tsojik ti sbek' sate, jubatele xkilet slikok ye k'uchal jovil ts'i'. Li jxi'otik yu'un ta jmek. Ch'ul tot, ch'ul kajval, kucho li anich'one, kucho li anichime, la sa' smul ta yeloval asat, och ta mulil ta yichon avok . . . La sjelbik yo'nton ti anich'one, la sjelbik sat li avole. Ja' jech o le'ni, ti ilol xchi'uk kantilaetike jeche' jelavan ta sat ta xchikin ti Manvele. Stuke mu'yuk xa la xch'unoj ti ch'ul jtotike, mu'yuk kuxul, xi no'ox. Ja' ta sk'an ti k'usi xtuet xletetet tik'il ta nail vo' ta smus ochel ta sni'e, ja' lajesbat o yip ti xch'ulele. Ja' laj ta uts'intabel.

Paxku'e ts'otkorantik sjol lok' ta sna xchi'uk t'uxijem xokontak sat, skus ta xpach'omal sk'ob ti ya'lel sate. Ti'nae bajal to o. Ta banumile jinesbil si' sta, ja' tey ti buy la ox snak' ti machite; xi'eltik xa, ta sa' me buy to oy, mu'yuk xa bu sta. Ja' to ya'i xlojet ye x-avet ti yalibe. ¿K'u xa un yen chak'an ta jlok' ti jtseke, ja' me jk'u' o chkil ni? Sjam lek xchikin ti Paxku'e. Ta snopik me me' chuvajun me yilikun chakpomanik xa yanaltak kee, ¿me ja' chak'an ti skuyikun ta tsebetik ti ta xchon sbaik ta Jobel chalike?, xi ti Lole. ¡Pe le'e j-ixtolchaketik!, avan ti Manvel joviem xae, ja' xjelav to yutsikilik k'uchalot. K'ak'ub xch'ich'el ya'i ti Paxku'e, sts'ototet muy ta xchinab k'uchal jkotuk kiletel k'ak'al chon. Xpujpun yo'nton, jbej tampol ta xal xi'el, ta xal ti' o'ntonal: jbej muk'ta tampol; xpujpun ta anil yets'al snuk' ta xk'ot k'alal ta banumil. Ta Jobel la yuts'intabotik, ya'i ta yut yo'nton stuk. La smilbotik. Ja' to yil ti skereme xmich'oj xa machit, sye'ojbe ta sti' yo'nton yajnil.

Xkaklajet lok'el tal k'ak'al k'opetik ta sk'al ti'na. *Ja' la smilbotik.* Paxku'e nopaj batel ta ti'na k'alal xpujlaj lok'el tal ti yalibe, la stsukulin yakan yu'un, nom to puch'ajtik k'ot xcha'balik, Lole smajoj k'ot sni' ta chuman te', xvajet lok'el xch'ich'el. Xpujlaj lok'el tal ti Manvel eke, sye'oj tal xmachite; mu'yuk uno'ox k'usi smala ta chechbel ta tek'el ti xch'ut yajnile, ti sjole, mu sventa buy spujbe ta tek'el. X-ok' xa ti tsebe, xjik'jun ta xal: Muxa xamajun, ¿k'usi la jpasbot? Kalojbot xa uno'ox ti xameltsanaba k'uchal tsebetik ta

Jobele, ta jk'elot ka'i k'uchal j-ixtolchaketik, ta xapta ta yelov sat sme' ti vechi xae. K'alal la sta ta ilele, pitajtik uno'ox sk'ak'al sat k'elvan, xvoket slikokal ye. K'alal jmoj vechajtike xvinaj ti ja' bak xchi'uk k'ox ti Manvel k'uchal sme'e. Vo'ot ta amul la smilik me jtote, jvix eke pas ta j-ixtolchak, me yu'un chamem avaloj, stik'be ta sat li sme' ta yeloval slak'naik xva'lajetik xa talel sk'elik ti k'usi ta spasike. Paxku'e cha'lom no'ox ta banumil xtok. Ti jmalaltik xchi'uk jtsebtike la smilbotik, ti eil xvulvune tey to xjech'jun o ta sjol. Manvele ma'uk xa koltik, la sjelbik yo'nton. Mu'yuk xa xch'ulel. K'uxub sjol ta vulvunel ya'i.

Ta xmich'be snuk' yajnil ti Manvele, k'alal la skolta xmachite lik spujbe majel xch'ut. Paxku'e ta xapta ak'u skolta ti Lole: Mu xa majbe li xch'ute, ana'oj me lek ti xchi'noj xa yole, ma'uk jmilvanejot, ¿buy kom ti ach'ulel chkal k'e avelane? Tey ch'ay ta ik' ti yets'al snuk' Paxku'e. Nojanuk xa ta ya'lel xchi'uk xi'el ti sate. Manvele mu'yuk xchikinta sme'.

J-ixtolchakot un cha'a, ti avol achi'noje ma'uk ku'un, mu'yuk to jal jsutel tal ¿oy xa avol xtok?, xi ti Manvel, pasem xa ta chuvaje. Yajnile nujul ta banumil stsakojbe sjol, ta sju'ilanbe sat ta xch'ich'el. Bat sjok'an sba ta sk'ob skerem ta anil ti Paxku' k'alal yil scha'tsak smachite. Poj to yu'un, ja' no'ox ti sk'obtake te xa spasba ta mantal stuk ya'i. Muxa sta ta nopel k'usi xa un ta xut li skerem tal xa no'ox spoj ti machite xtoke. K'uchal junuk me' chuvaj, Paxku'e ta snak' ox yaloj ti xmachite k'alal stoy muyel ta vinajele, ja' no'ox ti sk'obtak tsots smich'ojbe yoke, tuk' stsepbe batel ta sjol ti yole. ¡Ah!, xi to k'alal ya'i to xet' li sbakil sjole, xpatlaj yalel ta banumil. Xnichnun lok'el tal xch'ich'el. Lole mu'yuk k'usi xpoj yu'un, x-av-un uno'ox likel ta ok'el, li yech'omal snuk'e spuk sba ta j-elovetik.

Mu'yuk xa xchi'uk xch'ulel ti Paxku'e, t'obajtik sbek' sat sk'eloj ti skerem xniknun to ta lumtike. Mu xa sna' k'usi ta spas, k'unto jip xut komel ti xmachit ta xokon skereme, ch'etel stsatsal sjol, level xa xchil jatav lok'el, ti sat yelove sakpak'an xa xchi'uk me' j-alajel. Ta yut snae tuk' sk'eloj batel xnichim, stsak ti skuruse. La xa jmiltik ti slajeb kol jnich'ontike, cham xa ku'untik, ti eile sutubaj ta xchinab. ¡Muxa xak'oponun, komtsanun jtuk!, x-avet likel, xkejlaj yalel ta xokon sk'ok', ta xok'ita sba. Li satake tuk' xa no'ox pitajtij sk'eloj ti kurus xmich'oje. ¿Me ja' chak'an le'ni, kajval: chakomtsanun jtuk, mu'yuk xa kalab, mu'yuk xa anich'nab jchi'uke?, ta sjak'be. Ch'abal buch'u xnopaj talel ta sk'elel ti yok'ele, slak' natake ja' te stsobetik ta slabanel k'u to yelan kom sbakil sjol ti Manvel Tone, ts'ajal ta sk'un yamanil xch'ich'elal stuk. ¡Mu'yuk uno'ox xatun o ku'un!, ¿buch'u chalo'la avaloj?, ta xalbe skurus ta skapemal sjol k'alal sjip ochel ta yut sk'ok'e. X-umet xa likel ta jovil tse'ej kejel sk'eloj k'u yelan ta x-an xchi'uk yantik xupite' ti skuruse; xk'ajk'un uno'ox k'elbil ta nak'obaliletik k'u yelan k'unk'un ta xtakij ti sat ta yeloval sleb k'ok'e, ti ja' xa sko'lajesoj sba ta stojolal ti Paxku' ta yulesbel sbek'tal stakopal skurus yantik spas ech'el ta si'bake.

Lajebal vob

Lukax xchi'uk Katalina Ts'unune xlotlajet ta xnopajik ech'el ta sti' smokal snaik. Ti xoraletik ta kolonya Primero de Eneroe cha'bibil ta ik'al xchi'uk jchamel ta vi'nal ts'i'etik, lukajtik ta spat mol naetik. Yanuk ti snakleb Lukax xchi'uk Katalinae ja' xa no'ox stuk mu'yuk buch'u xcha'biel yu'unik, ak'o me yan sba ti jyakubeletik ta xlok'ik ta uch'ob pox La tejanae.

¡So'ban me xch'a chkale, mol, jamo me xch'a li ti'nae, jeche' no'ox te xa lejet chkile!, xjajet spas ta mantal smalal ti Katalina Ts'unune, xk'elvan xa ti tsebetik yu'unik jun yutsikil xluchal xchilik xchi'uk spimikil stsatsal stsekik, va'ajtik ta sti' li uch'ob poxe. Lukaxe xvujet xa batel bat sjam sti' smokal sna pasbil ta pat te'. K'alal stoy sk'ob bat slokesbe xk'ux li sti' snae, tey ch'anxi lik sjimilan sjol. ¡Jamo me xch'a!, po'ot xa me sk'an sut talel ti Iknasyo xchi'uk yelom chale, ¿k'usi ti mu'yuk xava'i la yal voljee?, ta la me xik' talel ta naklej jchi'uktik. Soban me xch'a chkale, xjajet no'ox likel ti Katalina Ts'unun xtoke. Li' xa nan oyike, level komem chkil ti ti'na un to, la' k'elo avile, sojomal snuk' ti Lukaxe jutuk xa xka'itik. Mu to xch'un k'ot, ti me'ele lut'ajtik uno'ox sti'ba sk'eloj ti smalale. K'unto xvujlajetik xa ochel ta sk'elel me jech. Chyakub xa no'ox tok me ti jun-ole, ta snop ochel ti Katalinae, chat xa yo'nton; k'alal vul ta yok sk'ob ti sjun ole la yich' ta k'ux k'uchal yol stuk mu'yuk sta' o jkotuk xchi'uk ti Lukaxe, manchuk me xcha'bal xa smalal.

Li ti' moke lek xontabil komel yu'un ti sjuntotak k'alal lok'ik batele, ja'uk li Iknasyoe jmoj no'ox ta tek'el bal ya'i yu'un k'alal och jlikel toe. Xk'atlajet batel ta tsajal k'ox na. La smakbe lek sti' k'alal tey xa ta yute. Yanuk ta amak'e xmal xa ta sbek'tal jxanviletik xk'ixnal ti malk'ak'ale.

Te bejel la sta takin ts'omol te': tey choti ta snopel ti k'usi la yil ta yut uch'ob poxe. Lik xchi'n ta lo'il yo'nton. ¿K'usi ta jsa'tik li'e?, jmak k'opotik no'ox, ko'ol xa jbatik xchi'uk kolemal ts'i', xi ta yut yo'nton. La sta ta ilel xkoxtalil ak'al ta yi'bel na. Muxa bu sta'be yan xchapanobil. Ja' lek lajkutik, xi li yo'ntone. Ta xvechi ox yaloj, pe li yoktake jech mechuk totsanuk ta banumil, bat sjitunbe lek nat sts'is jlik muk'ta koxtal. La xach'ilan lek yo' xil me xkuch yu'un. Stse'inajik xa likel ti yanaltak yee, yanuk li xokontak sate sts'ujlajet likel ya'lel.

La sk'el muyel ta jolna me oy bu stak' xchuk li xch'ojone. La sta ta ilel jbej ts'amte', ta spik ox yaloj pe li snatil stuke leklek no'ox sba. Mu'yuk xa bu snop lek, sut spet batel ti ts'omole.

La xchuk ti ch'ojone, k'alal la snitulane yil ti komkom bate. Cha'sut batel ta yavil koxtaletik, ta o'lol be paj ta slok'esel yavil xch'ambilo' ta xvorxail xvex. Ja' no'ox jam yu'une, lik stokoxtabe ya'lel xko'laj me ta xa xlaj ta uch' vo'. Xch'ivan ch'ivan to sni' xchi'uk x-ajet to lek k'alal laj stekel li xpoxe, k'un to lik skus xokontak ye ta sk'ob skamisola.

Tey no'ox xbabat ta xokone la xtuch'be yak'il yan koxtal. La sts'ak xchi'uk li buy la xchuk bayele, k'alal moch yu'une lik xotbe snuk'. Muxa buch'u jventainojtik, lik yalbe sba stuk, a ti lek jnoptik ya'luke, mu'yuk me jme'tike; mi ja'uk X-elen ta sna'otik, lok' xa sbalunebal yual ti la jkomtsantike, baluneb u, ja' xa jech yual ta xvok' jnich'ontik me jechuke. Bat sts'uyan sba ya'i lek ti ta xch'ojone. Ta jolnae ya'i xchajajet yutsil chak' vo', lik ta vulvunel stuk li yo'ntone. ¡So'ban me xch'a chkalne!, mi yu'un chajalij to avaloj, x-utat yu'un, meltsajem xa avu'un chkil ni, ja' xa no'ox sk'an xamuy ta ats'omol, jipoaba yalel. Mu'yuk buch'u sk'anojot, li'e ma'uk avosilal, li chavuch'e ma'uk ava'al. Iknasyoe chak' xa ok'uk ya'i, k'uchal to ox ta xch'inal mal xbatik ta te'tik xchi'uk stot, ti buch'u ta sujat yu'un ta xkuchel jchep si'e; me ok'e ta rosina to nukul ta xch'ani.

Lok' xa sbalunebal yual skomel ta Chik'obtantik ti sme' xchi'uk X-elene. Iknasyoe mu sk'an sjulesan ta sjol; k'alal me ta snop sme'e, yo'ntonuk xa ya'i sutuk batel ta stek'el ti banumil ta sparajee, ya'ibel smuil yik' ti vitsetike. Skoj xa no'ox ti mu sna' k'uxi ta ch'ayel ta yo'nton slok'ol ti Petul Tone, tey to ta xlok' tal ta yolon toktik ta xil ta jek. Yech'oxal jeche' ta sjules ta sjol ti sme' xchi'uk ti yik' xyaxal banumile.

Mu'yuk xa ame', xvulvun jujulikel yu'un yo'nton. Iknasyoe xtamlajet bat snopajes ti ts'omole. Ta sk'an to ya'i j-umuk pox ti yanaltak yee; k'alal laj sbel ti yav xch'ambilo'e, la sjip batel ta yi'bel na.

Lukaxe mu'yuk sna' o k'uchal ti jbej k'o yun karton vul xchi'uk ta Jobele, ti k'ajom k'o jpok sjelol k'u xkuchoj tale. Jun spok'lej vul. Skartone jutuk xa mu teyuk vos ta sk'ob, ta yolon stsatsal sikil chakilvo' k'u uno'ox mal xak' ta Jobele. Ak'bat jbej svayeb na pasbil ta tenel te' xchi'uk karton sba, jech k'uchal ep naetik pasbil ta kolonya buy nakalik ep ants viniketike.

Ta yok'omale och ta chan pas xilaetik xchi'uk sjuntot Lukax ta sna, jayibuk no'ox u lek abtej xchi'uk; lik xch'ayilan sba batel, ta jujun ik' osile xpujlajet xa ta xyakub ta sut talel, xchechan ta tek'el stekel ti k'usi sta ta bee. Ta sjatviltas stekel ti k'usi spasoje, mu k'u xut xch'anubtas ti yo'ntone, ta svulesbat ta sjol k'u yelan jok'ol ta yut sikil te'tik la skomtsan ti Petule, tsinil stokal.

X-elena Tone la uno'ox sna' k'alal la staik ta yut te'tik li stote, Iknasyoe jatav lok'el ta sna, ja' xa no'ox ti skoj yuma'il mu'yuk xlok' ta alel yu'une. Na'bil uno'ox ti uma'etike xilbik yoktak ti kiletel chonetike. X-elene sna'oj lek ti tsut uno'ox batel bu junukal k'ak'al ti Iknasyoe; mu buch'u stak' xjatav o ti buy vok'eme, yu'un uno'ox tey tsut batel ta persa me laje.

Xchi'bal xa yual la yojtikin ta ch'ivit Lolen ti Iknasyoe; ta xchonik ch'ilbil nu'mbil vaj xchi'uk sju'bemal junme'. Jun xa yutsil la yil, chakpomanik xa lek yanaltak ye xchi'uk k'anxikanik to yutsil sbon sjol. Mu xch'ay ta yo'nton li stse'etel xokon sate, ti sak t'ananik to yo'tak k'alal me komkom stsek slapoj batele. Iknasyoe jujun xa mal k'ak'al xpa'iet ta nom ta sk'elilan; ja' jech tey lik xvaechinta, smeyoj xa ta xil, sts'uts' xa sbaik k'uchal yiloj mal spasik ta stelenovela sme' jujun malk'ak'al. K'alal k'ot ta sat ti Iknasyoe yo'ntonuk xa yajniluk ya'i. Ti k'usi xchopolile ja' ti mu sna' k'u yen ta sk'oponele. Ta xk'exav, ta xi' yu'un.

Iknasyoe mu jamaluk ta xal buy likem ti sme'e, ti bu nakale manchuk me jun to ox yutsil ti te'etik xchi'uk okotsetik jeltos sbontak, ti sk'upinan to ox ta sk'okbel snetake. Me', chibat ka'i ta Jobel, chbat jchanbe ka'i sbijil jkaxlanetik xchi'uk ta jsa' ka'i sakil ants kajnil, xut li sme'e; yanuk ti Vanae k'ajom no'ox ta stak'be: Mu jk'an bu xa bat tana li'e, tsebetik ta Jobele jeche' jch'ajil lu'etik. Ja' no'ox sna'ik sbonel satik xchi'uk xjuxel sni' yich'akik, mu sna' xchotiik xpak'tinajik ta na; muxa xkaltik me chnopajik chik'in xch'ailal jk'oktik, vo'otike ja' xa kik'tik o. K'elo avil ta televisyon, ¿me yu'un kan oy yav sk'ok'ik k'uchalotik ak'eloj? Ja' no'ox sna'ik xtanlajetik ta xoral naetik ta sjip stak'inik ta k'a'ep; jech no' xtok, me sna' xk'anvanik avaloj, a'yio ava'i, kerem, inyoot, me yu'un chak'ane ta jkaxlan ti chamo'ote. ¿Me yu'un kan mu xak'upin ti Loxae?

Vana Ts'unune mu xa'i k'usi ja' snutsoj ti skereme, yaloj me k'ot ta yo'nton ti smantale. Ti televisyon chil jujun k'ak'ale nopol ta xak' ta ilel skotol xchi'uk bats'i jech xa stekel; mi ve'lil, k'u'iluk, stalel xkuxlejal namal jnaklejetik. Ak'o me mu xa'i jbeluk ti kaxlan k'ope, xilbe stalel xkuxlejal ti me' xinolanetike; ti televisyone ta x-ak'bat yojtikin yan jch'ieletik, yan banumiletik.

Jme'e mu sna' k'usi chal, ta snop to ox ti Iknasyoe, xchi'uk xtok, mu'yuk ep kosilkutik buy stak' ts'unel chobtik; ¿tana li'e buch'u xa te chkuxi o ta pas chobtik?, namal banumil xa chbatik ta sa' abtel. K'alal tsutik tale ich'bilik xa lek ta muk' skoj ach' xa xvex skotonik.

Vokol xa ta xmuy ta sba ts'omol ti Iknasyoe, ta slevbe xotbenal xch'ojon. Lolene mu ixtolchak tseb no'ox, la yilbajinun, xvulvun stuk. Mal xalik ti smuk'totake li tsebetik ta muk'tik lumetike ja' xchi'ilik me' ts'i', julikel skomtsan smalalik, bat sa'ik yan. Mu'yuk to ox xch'unbik ti Iknasyoe. ¿K'u kan xi sna'ik li stukike?, ta sjak'be to ox sba stuk. Mu ja'uk xten ta yo'nton ti Lolene, mu ja'uk xlok' ta xchinab k'uchal la yil ta sba k'ak'alile.

Sob nax lik stekel ti k'usi ta spase, ja' o jun yo'nton ta xuch' pox xchi'uk xchi'iltak ta kantina. Ta slajes xa o stekel ti stak'ine. Xk'ejin xa xchi'uk ti tsatsal son xlomlume. La yik' tal jun tseb noj xluchal sloin chil ta sti' yo'nton, la yak' chotluk ta sba yo'tak, lik spetilanbe xchu', muxa sventa stuil yut li uch'ob poxe, xchi'uk ti tsebe mu'yuk xa ta slabanbe stuil ye ta sts'uts'el stekel jyakubeletik. Li tsebetik ta parajee mu sk'an sts'uts'vanik, mu sna' sbon yanal yeik, chalbe ti tseb chotol ta yo'e, stik'oj ochel sk'ob ta yolon stsek. K'alal ya'ibe xk'ixnal sk'unil yo'e vul ta sjol ti X-elen Tone, ja' o k'alal ta slevbe yo' ta sti' skoral xchije. Ta xjatav ox ya'i lok'el ja' no'ox ti Ikonasyoe tsots snet'oj; k'alal la xch'op ochel ta yut stseke ya'i ti mu'yuk k'usi smakoj o sbae, jech k'uchal ti tsebal chotol ta yo'tak eke. Ja' to k'alal lok'esat ta snopel yu'un xchi'il ta uch' pox: ¡Stsa'al slu' ame'!, puto Nacho. ¿Me mu ja'uk alekom ti tseb mal xaval le'vi? Yu'un un kan to j-ech'em leeeeek ava'uk cha'a, xk'ajlajetik likel ta tse'ej. K'unk'un joyij batel ti Iknasyoe. Yaloj me jeche' ta sjutik ti xchi'iltake, bak'in un tey ta xokon yutil uch'ob pox, ti Lolene lek petbil yu'un yan vinik ek. Xkapet sjol lok' ta anil, mu xa sna' k'usi ta spas. Ti vinike xjelav to smuk'ul k'uchal stuk, jkaxlan jun to yutsikil svota xchi'uk yik'al pixol. ¿Me yu'un uno'ox ach'unoj ta melel ti chavik' ox avaloje, Nachito?, xi ti xchi'iltak mu to xlaj stse'intaik junukal ixtol lo'il lek ya'ike.

Ti naetike pixbil ta sme'onal xoraletik, mi junuk ch'ulelal x-ayan va' xa staylej ti k'ak'ale. K'ajom xa stuk ti snail uch'ob pox jamal toe; ti tsebetik ta x-abtejik teye xlok'anik xa batel xchi'uk viniketik, tojbilik bat yech'esik ak'obal. ¡Pochan inyo, pochan chamo'!, ta x-ilin yo'nton ti Iknasyoe, ¿me yu'un un kan oy smantal ti ame'e? La yalbe ti Lolen, k'alaluk ch'ay xi'elal ya'i ta sk'oponele, ta Jobel la vok'em ek, mu'yuk la junuk yuts'yalal ta paraje. Ma'uk la junuk inyo.

Mu tuk'uk sbelal sna sk'eloj batel ta anil k'alal lok' ta snail uch'ob pox ti Iknasyoe, bat sa' bats'il pox yuch' ta sk'ak'al no'ox yo'nton. Ja' to jlek ya'i ti pox chak'kuchal servesae. Xko'laj me ya'lel k'ok' la yuch' k'alal xk'ak'ak'et to k'ot ta yo'ntone, xvik'luj to talel sat xch'ulel ya'i. K'alal ech' ta sti' jbej iktabil nae tey lik snop ti ja' lek ta skomtsan ti k'a' banumile, yu'un li na teye ja' tey la smil sba jun xnich'on sjuntot slajunebal xa ja'vil, la sjok'an snuk' ta ts'amte' k'alaluk laj yo'nton ta ve'el xchi'uk yajnil, mu'yuk to ox jal sut talel ta sa' abtel ta Estados Unidos. Muxa k'usi sta stunel ti xkuxlejale, la yil lek stuk stekel ta yut li mol na, uch'ob poxe. Xvatet xanav ta yolon slikebal ak'obal, voch'em sbejel ti yo'nton ta xa'ie.

Ja' to ya'i xpujlaj ochel tal li sti' muk'ta na ta amak'e. K'unk'un xa xk'iet och talel ti yik'ubel osile. Vul ta sjol ta anil k'usi la spasbe ti uma' eke. K'alal ta xvaechinaj xchi'uk ti Lolene oy buch'u ta xchukbat yok ta xa'i. Ak'o me jal te xbak'bun mu ja'uk xjituj ti yak'il yakantake, mu xil k'u syijil ti ch'ojone.

Ta to xvechi ya'i, tsots to xjimimet ti sjole; ya'i tey xvulvun ta ti'na ti sjunme'e. Mu'yuk to ochemik tal, xut sba, ti yok'e alubem xa. Sk'el lok'el ta k'al na buy xtalik, ja' to yil mu'yuk buy ta xak' ti vo' ya'i lek xa jlikele. Ta smuk'ta jik' yo'nton. La smuts' sat, taj to xpujlaj batel. K'alal cha'totse lik to sbabates ti sts'omole, nopol ta skomtsan buy jipil ti ch'ojone. Ta sk'an ta xch'ay ya'i ta sjol ti pochan chamo' no'oxe. K'alaluk vul ta Jobele yil lek ti ma'uk k'uchal xa ox snopoje; mu x-ak'bat yabtel yu'un ti jkaxlanetike, k'anbat vunetik yu'un stekelik, lek laj ta tse'tael, k'ajom k'o yich'oj batel ti svunal svok'ele. La sa' ti abteletik buy ep xu' spas kanale, mu'yuk buch'u xk'ane; ya'i sba ti jeche' jmak k'op no'oxe, mu ja'uk xk'ot ta pasel ti k'usi xvaechintaoj tale, mu'yuk bu snopoj me oy bu ta sten sba ta uch' pox, ja' xa no'ox stuk ta xkoltae ta stenel ta yo'nton ti oy svokol sme'onale.

Nopajik xa tal ti sjuntotake. Iknasyoe stik' sjol buy lek xototet spasoj ti xch'ojone, stsin lek ta snuk'. Ja' xa no'ox sk'an sjip sba yalel li ta ts'omole. Vul to ta sjol jun muk'ta uk'um ta xtuch' ti xch'ulel me laje. Jun sjamlej yok ti uk'ume. Ch'iel xchi'uk lajele jun muk'ta uk'um xch'akoj, xi uno'ox mal xal smuk'tot, vo'otike mu xu' jtuch'tik, k'ajom xu' xtal xkuchotik jkot ik'al ts'i'. Yan ti jkaxlanetike mu xko'laj, sak sts'i'alik. Ti k'a' tseb le'e mu'yuk uno'ox sbats'i k'anot, li yo'ntone lik no'ox ta vulvunel xtok, jajantaat yu'un. Ya'i ti sjuntotake yantik xnopajik tal ta jek, ya'ibe xk'uxul ye ta x-ok' ti sjunme'e. Ta xcha'sutes sba ya'i. Katalinae tuk' ti'na sk'eloj talel, mu uno'ox sk'upin xil x-ok', mu sk'an sa'be yan xchamel. Lik sjitun yak'il ti snuk'e. X-elen taje ta xa xvok' jnich'on yu'un, jme' eke tey ta smalaun ta sna xchi'uk jmel sikil mats', ta snop ti Iknasyoe. Yo'ntonuk xa ya'i sk'el sme', sk'el k'u yelan ta xmalae. Jeche' k'usi ta jpas, lik xchuvajil jol, xi stuk. Mu'yuk to ox tsutsem ta xyochel ti xchukbenal yak'il snuk' k'alal ts'e'buj ti sts'omole, mu'yuk xa uno'ox tsotsik ti yakantake, xpujlaj yalel ta lumtik.

Ti ch'ojone ta xa xtuch' ya'i, k'alaluk ta xbak'e k'ajom ti'bat li snuk'e, xbelbun xch'ich'el. Oy buch'u ta xjochbat yok ta xa'i k'uchal ta xvaech, jun to yalal ti sbek'tale. Xch'ich'ele ta xa xt'omanuk lok'el ta sbek' sat. Xchivlajet ti sk'obtake, ta sk'an to ya'i sk'el xkuxlejal, sakilal banumil, yanuk le'e x-ik'ub xa no'ox stekel ta xa'i. Ts'iji xa ti yo'ntone. Mu'yuk xa buch'u ta xk'opoj. Yanuk ta xchinabe oy k'usi lik bak'uk. Mu xa'i lek me ja' ti lajebal vob tal nupvanuke, sme'la nuk' arpa xchi'uk vob, k'unk'un xlomlun, xchajchun yutsil, ya'i muy batel ta ba ik', mu'yuk spajebal, ta xlo'labat batel xch'ulel. Jech k'uchal k'ux ti ch'ielale, to jk'ux ta xa'i ti ta xlaje, stuktuk xchi'uk slajel.

Ta xa xbat ti yo'ntone, ta xa xlok' ta sbek'tal ti xch'ulele, bat xanavuk buy ech' ta xkuxlejal, stsob stekel k'usi yu'un sbek'tal, stsatsal sjol, sni' yich'ak, bu xchik'anoj sk'u', ya'lel xchik', yik' yo xbat xa o ta k'atinbak, bat stoj ta sbatlej osil ti smul la spas ta sba balumile.

Ik' yaman xojobal ta sbon sba ta smaleb k'ak'al ti Jobele. Ta spatik sjuntotak Iknasyoe xna'bet och tal pimil sik. Ja' sk'eloj sti' ch'in na ti Katalinae, ta sba svitsal Moxbikile ta sk'i xa sba yik'ubel osil, ta xyal talel ta xchinab; xchavlajet ta x-och k'ak'al sik ta sbakiltak, xpajpun likel xi'el ta yut yo'nton, sts'ijlej ti ch'in na xchi'uk osile mu slekilaluk. Ja' to ya'i oy k'usi sputs'laj yalel ta lumtik.

Mu'yuk to ox k'opojem jbeluk, Katalinae xtamlaj batel buy mal sk'ej yak'alik. Xnoj ta ya'lel li sbek' satake, sak pak'taj sbek'tal. Ta spik sti' yo'nton, ip ta xa'i ta jmek. Paj ta xanvil ti xch'ich'ele. Lik xujilan sti' ch'in na, mu xjam yu'un. Sna'oj lek k'u yen mal x-och jujun sob, yanuk le'e mu stak'. Lek xontabil yut li ti'nae. Soban ta anil, Lukax, la' li'e, ta xapta xchi'il komem ta smakel sti' smokal sna. ¿Me avil xa me tey oy?, stak' ti Lukax lubem xa sat sk'eloj batel xchi'ile. Bat skolta sba ta sjamel li ti'na eke; manchuk un, slu'bemal yiptake mu xa xjip yu'un li tenel te'e. Le' xa slajel ti yiptak yu'un askalil chamele, laj xa sbek'tal, sbakiltak, xchi'uk sbek'tak sat.

T'uxijan xa snukulil xokon sat ta ok'el ti Katalinae. Lukaxe snach'sati xa ochel ta k'alna me te oy ti Iknasyo ta yute, naka no'ox la sta ta ilel spimil yik'ubel osil xchi'uk sjamlej ts'ijlejal yu'ninoj li yut nae. Lik xa achuvaj kere, mu'yuk k'usi tey chkile, jbel xal stak'be ti xchi'ile.

Mu xa sna' k'usi ta spas ti Katalinae, xchi'ile jeche' xa xlo'et k'uchal sk'a'emal te', mu xa so'baj k'uchal junuk olol. Lok' batel ta muk'ta ti'na ta anil ti mu'yuk lek makem komel yu'un ti bak Lukaxe. Xchi'uk cha'vo' jyakubeletik xchechoj xpoxik ta nailo te stsukulin sbaik ta be. La spajesik ta anil k'alal la yojtikin ti Katalinae: ¡Ta Iknasyoe, junme', to jkavron xa'i sba, avilikuk k'u to yen la kuch'kutik pox xchi'uk naxe! ¡Jajajaja! Stse'in xa xchabalik. Mu'yuk xchikinta k'usi ta xalik ti jyakubeletike, ja' no'ox ya'i k'ak'ub talel ti sjole. Ts'ijil, xbelajet ya'lel ta xokontak sat, mu'yuk stuk'il ta xanav. Jech k'ot ta muk'ta be karo k'uchal me' chuvaj. Ti slusal xokon naetik tsanluj tale ta xak' ta ilbel syijil sat, ts'otorantik stsatsal sjol ti Katalinae. Taj toe, ta anil xa xvujvun talel ti Lukax ta xtavan ya'i ta bee. Jtsop tsebetik ta slabanik k'usi ta spasik ti me'el mole; ta jlikele xk'ajlajetik xa ochel ta tse'ej ta yut li uch'ob poxe. Ta patil toe, ti Lolene slapoj stsajal chil xchi'uk jun yutsil stsitsomal stsek, lik k'ajk'unuk ta tse'ej ek, yech'omal yee jalij spuk sba batel k'alal ta xchikin Iknasyo Ts'unun, ti pitajtik sat ta to sk'an ya'i xkuxlejale.

Los hijos errantes

Sé que me oyes

Llega la oscuridad del tiempo, como si sólo te aguardara a ti. Sobre la copa de los árboles se posa la niebla, cae la brizna como mis lágrimas. En mi corazón se aprietan las nubes de dolor y maldad que has traído. He terminado de afilar tu machete, fue muy difícil, nunca lo había hecho. Volviste a beber sin medirte, perdiste la conciencia; no sabes ni qué hora es, en cambio nuestra hija está durmiendo, allí está envuelta en su cobija de lana. Espera, apretaré bien la soga en tus pies, por si aún intentas pararte.

Dentro de un jacal fúnebre Pascuala Tsepente' se arrodilla, silenciosa, hasta quedar quieta frente a una cruz de madera. ¿Cuál es mi pecado para merecer esto, padre? ¡Míralo, cómo pone sus ojos en mí!, exclama al cristo que tiene en las manos, recientemente despegado de la cruz delante de Pedro, su marido. Con la cabeza baja y los ojos cerrados, piensa en el sufrimiento de Elena, su hija muda.

Como tú eras el hombre hice todo cuanto me obligabas. Si querías pozol, rápido ponía mi olla de agua cerca del fuego, mi jícara ya estaba en tus manos; si pedías de comer, mis platos ya estaban sobre la mesa, así te sentías un gran hombre, feliz, porque tus palabras eran de fuego.

Sé que me oyes; aunque tus párpados estén pegados, tus oídos están abiertos. Nunca se me olvida nada, afirmas siempre, y veremos si te acuerdas de esto cuando vuelvas en ti. Por ahora no puedes moverte, callado, así te quiero. Porque tú no parabas de hablar: es que metieron la electricidad en nuestra casa. Nunca te callabas, hiciste enojar a muchos, incluso a nuestros padres. Yo decía que sí y acepté que era lo mejor, aunque no supiera para qué nos iba a servir, sabía que vivíamos con la luz de las velas, bastaba un par de ocotes si salíamos de noche. Nunca te pregunté quién te dio esa idea, dónde viste que servía, que mejoraba la vida. No sé cómo pudieron cargar esos postes, parecían grandes serpientes que venían del bosque. Nos va a cambiar la vida, dijiste, eso hará más inteligente a nuestros hijos. Terminaste de convencer a todos.

Yo no necesito de esa luz. Acabo de apagarla, a mí no me sirve. Las mujeres nacimos con la vista despejada, conforme crecemos los hombres nos van ofuscando.

Nunca entendiste el castigo que sufrimos, el pecado que pagamos. Luego hablará, decías, nadie en esta vida se queda sin hablar. Te burlaste de nuestra hija, deberías escuchar su lamento, saber qué pide, qué dice cuando llora, sólo pega y despega los labios, grita, mas su lengua está vacía de palabras.

Quieres moverte pero te esfuerzas en vano, te tengo bien atado, por más que eres un hombre fuerte.

Pascuala suelta la figura del cristo y cae al suelo destiñéndolo con sus lágrimas, espera que por fin interviniera por Elena: de lo contrario, él será el responsable de sus actos.

Ignacio ya no prepara su mecapal y su machete como solía hacerlo. Ha pasado una semana desde que ya no se preocupa de su milpa y en traer leña, únicamente su madre lo hace. Se levanta de su camastro a pedir café y tortilla del comal, luego agarra una silla y se sienta frente al televisor. Primero sólo lo observa, en seguida va a acariciarlo, le limpia el polvo, no deja que ninguna huella manche la pantalla. Ni lo vayas a tocar, mamá, se descompone muy fácil, le repite a cada rato.

Son escasos sus recuerdos acerca de la instalación de la luz eléctrica en su paraje, pues apenas cumplía tres años. Ahora, después de diecisiete, tiene muchas ganas de conocer lo que los mestizos muestran en la televisión. Quiere aprender el idioma, la ropa que visten y la forma de vivir de las personas citadinas. Ellas son inteligentes, tienen una mejor vida. No sólo comen frijol y tortilla como yo, se dice.

Ignacio toma el control remoto y enciende el televisor, permanece sentado como una piedra sembrada, sus ojos fijos en la pantalla. Siente una atracción hipnótica, él mismo se imagina en la televisión, feliz, siendo otro.

Hijo, ¿te traigo más tortillas; te sirvo más café? Nadie responde. ¿Falta mucho para que vayas a cuidar tus borregos, mamá?, dice cuando por fin despega los labios, sin moverse.

Al darse cuenta, su madre ya no está en casa. No sabe cuánto tiempo hace que salió, ni a dónde fue. Aguarda un momento para ver si regresa, si sus pasos suenan en algún lado. Se ha ido lejos, se convence a sí mismo. Se levanta, con pereza, para asegurar bien la puerta, que nadie se atreva a abrir, aunque le tirara de patadas con la fuerza de un huracán. Antes de sentarse, se acerca a su camastro, levanta los trapos que utiliza de almohada, caen unos discos, toma uno, lo inserta en su reproductor de DVD y se acomoda a esperar que empiece la película.

En la pantalla aparecen mujeres desnudas acompañadas de una canción que nunca había escuchado. Ignacio siente que el aire se calienta, penetra su sangre, su cuerpo como lumbre. Aplasta un botón del control para seleccionar una escena. Detrás de la puerta aparece una muchacha vestida elegantemente con enagua y blusa bordada; un joven la jala hacia la cama. Los dos caminan silenciosos. Él la abraza e intenta besarla, ella se resiste, se suelta y va al sanitario. Mientras tanto él se acerca al dispositivo que está grabando la escena, lo enfoca bien hacia la cama y, luego de indicar la ampliación de imagen, lo vuelve a acomodar sobre la mesa. Ella sale del sanitario sosteniendo su enagua con las manos, de inmediato él corre a abrazarla. Le toma las manos y la enagua cae al suelo, quedándose ella sólo con la blusa. El joven acuesta a la muchacha a la orilla de la cama. Al instante le sujeta las piernas sobre los hombros y la penetra. Ella tiene la mirada perdida, como si buscara a alguien más dentro del cuarto. Ignacio presiona otro botón para adelantar el curso del video. Sobre la cama el joven chupa unos senos diminutos. Luego baja la cabeza entre sus claros y gruesos muslos, ella gime y pronuncia palabras ininteligibles.

Ignacio no despega la mirada ni un momento. Sus oídos están atentos a los suaves gemidos de la joven; cómo no fuera él quien la penetra, si fuera posible meterse por el cristal del televisor. Imagina estar con otras muchachas, pero ¿quiénes?, nadie lo quiere, aquellas a quienes habla dicen que es un haragán, un flojo, no tiene dinero, no se viste con buena ropa como los demás jóvenes, con botines y pantalón de mezclilla, camisa de cuadros y chamarra de piel. Ignacio sólo tiene dos pantalones y tres camisas en desuso. Si permanezco aquí, nunca cambiaré, se dice a sí mismo, si sigo en la siembra de milpa, así me moriré, solo.

Su mano derecha sostiene su pene erecto dentro del pantalón. Lo soba, lo aplasta, luego abre el cierre para sacarlo mientras que en la pantalla la muchacha parece disgustarse con el pene del joven en su boca. Ignacio siente mojadas sus manos al agarrarlo, comienza a bajar y subir el prepucio, lenta y luego apresuradamente. Se levanta de la silla, siente en el ombligo una contracción, sus manos se aceleran, su abdomen se contrae por última vez con un dolor que lo hace temblar, eyacula.

En la pantalla el joven deja de inmediato a la muchacha y se dirige al sanitario llevando en las manos su semen. A la orilla de la cama la joven se sienta y se acomoda la blusa; al levantar la enagua del suelo, su mirada se congela al dar con la cámara sobre la mesa. Pasmada, se pone en pie sin saber qué hacer. Detrás de ella aparece apresurado el joven y rápidamente va por la cámara, la grabación se interrumpe. El disco deja de reproducirse, en la pantalla del televisor sólo queda música sonando.

Mi madre no ha regresado, se fue lejos a pastorear, piensa. Con el pene colgando fuera del pantalón se acerca a la cama, busca un trapo con que limpiarse las manos.

La joven del video aparece en su imaginación, jala y cierra la puerta de su casa, le tapa la boca con el trapo con que se había limpiado. Se sumerge en su piel, la hace suya sin restricciones. Siente cuánto late su corazón de miedo, su sangre deja de recorrerla. Le roza la piel con sus dedos, se pierde en su llanto.

Presiente que su madre no ha de tardar, envuelve los discos en un trapo viejo y los esconde. Apaga el televisor. Busca el pantalón y las camisas; regresa por los discos, todo lo deposita en una caja de cartón que encontró debajo de su camastro. De una vez, ahorita que no está mi madre, ella no entiende esto que voy a hacer, piensa. No encuentra nada para amarrar la caja, así la levanta. Abre la puerta, se percata primero de que no viene nadie. Sale despacio; desde la colina, el color naranja de la tarde lastima sus ojos. Enseguida baja la vista, observa cómo, al pie de los cerros, la neblina comienza a vestir la montaña de blanco. Mañana lloviznará, piensa. Se detiene en el patio. Las pocas casas vecinas siguen mudas, algunas mujeres aparecen con sus borregos. Ignacio comienza a descender la montaña, se coloca en la gran vereda que la gente utiliza para bajar al pueblo de Mitontic.

Se acercan los días para desempeñarte como mayordomo. Es una estupidez, no servimos para nada, nuestras palabras no tienen sentido, y si no fuera así no estarías tirado por borracho. Caminas como animal que busca qué comer, abajo y arriba de la mirada del *ojov*, entre manos y pies de los demonios. No es que el *pox* fuera el problema, eres tú quien no sabe dónde ni cuándo encuentra el aliento del tiempo, el coraje de tus compañeros de vida, la furia de los dioses; sabes muy bien que no es pura risa ni juego el cuidar y alabar a nuestros santos. ¿Dónde está tu maíz que cocinarán tus auxiliares, dónde tu frijol que comerán tus músicos, tus cargadores de flores y de los que vendrán a visitarte?

A mí ya no me tomas en cuenta, mis palabras no te importan. Sí, yo cuidaré a nuestros santos, dijiste; estoy listo para ocupar este cargo, puedo hacerlo, insististe a los demás mayordomos, por eso te creyeron. ¡Jajaja!, ¿dónde está ese hombre?, ¿dónde ese cuidador y ayudante? Así como estás no lo creo. ¿Cómo puedes cuidar a un santo más que a tu mujer, más que a tu hija?

Lo sé, las demás mujeres y los hombres no me ven con buena cara, me odian. Esa mujer ha enloquecido, dicen cuando me ven caminar, ya no soy la que va detrás de ti, la sumisa. Ni a mis padres ni los consejos de los ancianos los sigo: que la mujer es obediente, que es menor que el hombre, que la mujer se calla cuando él habla. Ya no. ¿Qué harás al rato que despiertes?, ¿qué dirás cuando sepas de ti? Lo que sí sabrás es que ya no soñarás igual, no pensarás de la misma manera, tu sangre se fraguará en tu boca.

¿Una labor florida? Claro, muy florida. Beben aguardiente, discuten, pero tú no te quedas con eso. Nada nos beneficia cuando terminas arrastrándome por el suelo, debajo de tus flores y adornos. Después gritas que eres el hombre, que tú mandas con tu cincho en una mano y tu sombrero lleno de listones en la otra. Un hombre con cargo florido y sin armonía en su casa, aunque nuestras palabras sean cantos.

Las chispas del fuego danzan, las llamas cantan debajo de la noche, su calor acaricia mis mejillas. El fuego tiene corazón, siente mi tristeza, cuando lo atizo se despierta lentamente, me espera a su lado. Escucha mis lamentos y pláticas, a veces calla, a veces se enfurece, pero siempre en un susurro viene a secar mis lágrimas, compañero de madrugadas y atardeceres.

Te estás moviendo, Pedro. Escucha al fuego, te tiene sudando, has de tener pesadillas. Aún no puedes levantarte, aún falta que tu cuerpo recupere fuerzas, no has parado de beber, te perdiste en el alcohol desde que nació nuestra hija, porque tú siempre querías un niño. Pero a partir de hoy todo termina aquí, bebiste por última vez, sentiste el aguardiente que acarició tu garganta con sus llamas y revolvió tu mente.

Espérame aquí; pensándolo bien, traeré otro poco de aguardiente, un regalo que te preparé. Debo apurarme para que no sientas ningún tipo de mordida, ni la del filo del machete.

Lo que anhelan ver los ojos de Ignacio son los carros, los grandes edificios y las muchachas. Sus manos ansían tocarlas, estar cerca de ellas. Desea que la vida transcurrida en el paraje no fuese de él. Ayer veía en la televisión a parejas jóvenes libres. Hasta muy entrada la noche se acostó, pero no conciliaba el sueño; se imaginaba ahí en el ambiente, entre la multitud, pero diferente.

Sus ideas están bien sembradas. Ya nadie le arranca de la cabeza la idea de ir a la ciudad. Rápidamente se acuerda de que no tiene dinero suficiente. Aunque le explicase a su madre, ella no le dejaría salir de su casa, no tiene a nadie más que la acompañe. Ignacio está cansado de estar con ella, aburrido. Lo que quiere es vivir solo, que una mujer no le venga a dar órdenes, mucho menos su madre. Por eso ha dejado su casa, y sigue bajando la colina. Alcanza a mirar a una muchacha que va con sus borregos en fila, hay blancos y negros. Se detiene a observarla, es Elena. Por un momento duda si seguir bajando o regresar a casa; dirige la mirada hacia la blancura de sus pantorrillas, luego le busca el rostro, un rebozo raído enrollado sobre el hombro cubre hasta la nariz de Elena. Ignacio acelera los pasos detrás de ella en un camino sinuoso y solitario dentro del bosque.

Elena llega a su corral. Los borregos entran con precisa tranquilidad y orden. La joven los cuenta al pasar, ocho grandes y dos pequeños. Ella también pasa por la misma tranca para atar los cuernos de un carnero en un palo grueso. Detrás de ella el corral se cierra inesperadamente.

Una vez dentro, Ignacio suelta su caja. Mira a Elena con ojos lascivos. Arruga la frente, las aletas de su nariz se abren y se cierran repetidamente. Respira fuerte, como si el aire no quisiera entrar de golpe en esos dos agujeros que parecen cuevas oscuras y devoradoras. No piensa en nadie más, está frente a ella. Nota que su cuerpo no le ayuda a escapar, sus pies no le responden, tiemblan.

La mente y el corazón de Ignacio no se entienden, cada uno trabaja por su lado. No sabe de dónde proviene la voz imperativa en su cabeza, que llega lacerante en la piel de Elena; ve que ésta retrocede, pero a tan sólo unos pasos ya no puede traspasar la pared del corral. Ignacio asegura bien la puerta, enseguida se abalanza sobre Elena y le aprieta el cuello. ¡Si gritas te mueres!, la amenaza. De repente se ríe de sí mismo, ha recordado que ella no puede hablar. No logra controlarse, sólo obedece a su cuerpo, su sangre hirviente. Siente que su piel quema; brasas arden en su cabeza.

Elena respira a intervalos, con miedo. Su garganta suena a una corneta abierta de las orillas. Se asfixia. Ignacio la avienta al suelo y la monta rápidamente, sujetándola de ambas manos sobre la tierra. Observa, impasible, cómo sus pequeños y hermosos ojos se llenan de lágrimas. Los borregos son testigos del acto que no pueden juzgar. Ellos miran atentos, rumiando el pasto que guardaron durante el día en una parte de su estómago. Elena utiliza en vano sus delgados brazos para buscar quitárselo de encima. Ansía rasguñarle el rostro, desgarrarle la piel para que sienta el dolor que le destroza el cuerpo.

Ignacio lo había visto en la televisión. Los jóvenes en las ciudades se besan, acarician sus cuerpos, se agarran de las manos al caminar por las calles sin que nadie se burle de ellos, sin que nadie los fuera a acusar con los padres de la muchacha y sin que los obliguen a casarse, no como en su paraje. A eso no le da importancia, ni a los padres ni a las autoridades ni a sí mismo; su *ch'ulel* está fuera de él.

Sus fuerzas apretadas en los huesos no sueltan a Elena. Mete la mano bajo de la enagua, acaricia las piernas tibias y suaves hasta llegar a sus muslos. Le alza la falda y se pone en medio de sus piernas. Busca introducirse en ella lo más rápido posible. Siente que la enagua le estorba, pero tampoco tiene tiempo para arrancársela; con su mano derecha recoge un poco de saliva y la embarra sobre la vagina de Elena. Ella se retuerce, balbucea, el miedo y después la angustia la hacen gemir sordamente. Ignacio siente perderse en su propia excitación al penetrar por primera vez a una mujer; pensaba que todo era fácil como veía en las telenovelas, la ansiedad comienza a desarticularlo.

Eyacula de inmediato. Termina rápido. No se explica por qué. Está empapado de sudor, le tiemblan las manos y los pies. Le cuesta trabajo subirse el pantalón, su cuerpo padece de un temblor que poco a poco se apacigua. Recobra las fuerzas de sus brazos, su corazón también recupera aire y sosiego. Elena se levanta, se acomoda la enagua, se sacude de la espalda el excremento de los borregos. Cuando Ignacio sale del corral, ella también lo hace y, con tosquedad, pone las trancas.

Ignacio se sienta al lado de la vereda. Elena sale del sitio, con su rebozo se cubre medio rostro, se siente sucia, dolida de cuerpo y alma, sin poder levantar la mirada, sus ojos están anegados en lágrimas. Sus gemidos lastimeros desaparecen confundiéndose con el rechinido de unos huaraches. Ignacio se queda pasmado, nadie más estaba cerca; ese ruido va aumentando, acercándose. Pasos alejados entre sí, como los de una persona grande. Apenas se pone en pie cuando un hombre seco y moreno, con un tercio de leña en la espalda, aparece indiferente. Ignacio alza su caja. El señor se detiene a observar al joven, tiene ganas de preguntarle qué ha pasado. Apunta su mirada hacia el corral, cuenta los animales que hay dentro. Luego ve que Elena sube la vereda. Pedro Ton retoma su camino para alcanzar a su hija. Ignacio se siente delatado, levanta su caja y se dirige hacia la misma dirección. Es tarde para huir.

El silencio de la noche penetra la casa, llega hasta la orilla del fogón, donde Pedro Ton sigue tirado. Permanece dormido; un hilo de saliva se le escapa por la comisura de la boca, va formando, poco a poco, una masa gelatinosa en el suelo. En la pared algo murmura, como si fueran ratones asustados, escapándose de la muerte por algún gato. Apenas escucha, no reconoce de dónde proviene ese ruido de telarañas que se teje en su oído. Hace frío: frío del hambre, frío del sueño. Se empapa de sudor y no deja de tiritar, el frío penetra su cuerpo, sus huesos, tiembla al lado del fogón.

Pedro Ton trata de moverse, intenta gritar, siente su cuerpo inútil, sus manos no sirven, sus pies tampoco. No sabe dónde está, se siente extraviado en el mundo, alejado del cobijo del santo que está a punto de recibir.

Al abrir un poco los ojos, lo primero que encuentra es la oscuridad; oscura la tierra, oscura su alma. ¡Ya maten a esa cosa que no se calla!, me duele la cabeza, quiere decir mas no lo consigue. Tampoco hay alguien más fuerte que él para que lo levante, para salir corriendo, buscar otro trago de aguardiente en la casa del pasado alférez, donde siempre bebía.

¡Ayúdame!, Pascuala, ven aquí, me duele la cabeza. Nadie le responde, ni un mensaje que le ayude a ordenar sus pensamientos, a componerle los huesos, sus gruesos nervios para levantarse. ¿Por qué nadie me responde?, se pregunta. Comienza a bullirle la mente, el miedo se le enreda como una cuerda, se llena de palabras cargadas con todo el peso del silencio.

El murmullo inicia de nuevo, crece. ¿No han matado a esa cosa?, me perfora la cabeza, nadie más responde; el mismo ruido luego se convierte en llanto, en un borboteo de sangre. Siente cómo aparece una claridad hiriente, sus ojos no la soportan; lentamente abre los párpados, la luz se ha prendido e inunda su vista. Vuelve nuevamente la cabeza hacia donde recuerda que está su camastro, donde dormía siempre con su pareja. Se acuerda que tiene una hija muda, una hija no deseada. Si fuera niño sería otra cosa, dice. Perturbado, observa el altar, no comprende por qué la cruz del cristo ha desaparecido.

Sobre su camastro algo se alza, crece como una criatura gigante de la cueva. Quiere gritar a su esposa. *Ven a ayudarme, ven a salvarme de las manos de la muerte.* Se acuerda que llegó tarde a casa, su mujer le esperaba sentada al lado del fogón observando cómo ardía una brasa. Ya no pudo escucharla bien. Intenta recordar algo. Ésta es la última vez que has disfrutado del sabor picante y ardiente de tu pox, aquí estaré para cuidarte, no te dejaré solo.

El temblor aumenta en su cuerpo, siente cómo en sus huesos entra el escalofrío, y hasta en su alma. Tirita sin remedio. No halla forma de escaparse. Esta no es mi casa, ¿quién me molesta? Silencio.

Una mujer se eleva sobre el camastro; presiente que de allí proviene el ruido, mas no comprueba nada. ¿Dónde estás?, intenta gritar, insultar a su esposa como lo hacía siempre cuando se enojaba, pero lo que crece y lastima es ese grito que se entierra en su cabeza.

Había escuchado bien, el balbuceo no proviene de ningún lado, tampoco es de una rata que haya caído en una trampa. Todo cuanto quiere decir se convierte en gemidos, en llanto, en la voz del maíz, en el chillido de un puerco, de un gato, como el grito desesperado de Elena; como del dueño de los cerros, de las cuevas, como de alguien incompleto.

En su boca se ha perdido la palabra, se ha detenido la historia, se han transformado en sangre, en mutismo, en vacío. Ya nada volverá a ser igual. Pascuala Tsepente' se recuesta de nuevo, apaga la luz, se envuelve con su cobija y abraza a su pequeña Elena.

El dolor en la cabeza de Pedro Ton se extiende inesperadamente por todo su cuerpo. Alcanza a notar vacía la funda de su machete en la pared. Sus ojos se cierran con lentitud. Ya no existe otro ruido más que el de su propia respiración. El dolor le entumece la memoria, la sangre en su boca; siente la lengua hinchada, agarrotada. Despacio, conforme el silencio se enreda en las telarañas de las paredes, el corazón de Pedro Ton Tsepente' palpita en la oscuridad como la pequeña llama desprendida de una brasa en el fogón.

Al *k'atinbak*

Ignacio Ts'unun se levanta del camastro, descuelga el machete y su mecapal: Voy a traer leña, le dice a su madre al verla hincada en el suelo de tierra, hablando sola frente a las llamas del fogón. Ella no se da cuenta del aviso de su hijo. Ignacio sale del jacal con el cabello alborotado; acompañado por el frío intenso de la neblina que se posa en la copa de los árboles, entra en el bosque. Después de caminar largo rato, se detiene al pie de un roble, a cinco metros de la única vereda. Lo esperaré aquí, no tardará en pasar, piensa y se agazapa. Escucha que alguien habla, alza la cabeza para ubicar de dónde proviene aquella voz y de quién se trata. Con las manos abre un poco los arbustos: es Pedro Ton quien se encuentra con su compadre Salvador. *Hasta que se despidan alcanzaré a Pedro en el camino.* Se levanta despacio, aprieta fuertemente el mango de su machete. Avanza sigiloso.

Está bien, me sentaré un rato. Te lo contaré así nomás, tengo prisa: ese día encontré a mi compadre Pedro entre el bosque recogiendo ramas secas.

¡Cómo le va!, le dije.

Alzó la cabeza cuando escuchó mi saludo. Se veía intranquilo. Había algo extraño en sus labios que no entendía: temblaban, su mirada mostraba miedo, alerta como un venado señalado por un rifle. Volteaba la cabeza a todos lados. ¿Qué te pasa?, le pregunté. No me respondió. Fue entonces que me despedí para ir a ver mi cosecha. Me apuré a bajar, quería regresar temprano. En casa me esperaba mi mujer. ¿Pero cómo iba a saberlo? Hoy cumple un mes que pasó eso.

El día transcurría sin dejar huella mientras que con mi tercio de leña sobre la espalda salía del bosque, la llovizna caía suave y fina. Justo al subir la pendiente, noté a un lado de la vereda una carga de leña. Chiflé para ver si alguien me contestaba, pero nadie lo hizo.

Debe estar cagando detrás de los arbustos y tú molestando, me dije. Sin detenerme mucho tiempo subí lento a casa.

Mi mujer salió a recibirme cuando escuchó el ruido de mi carga al dejarla caer al suelo. La leña que traes está muy húmeda, no servirá, dijo, con este frío no nos alcanzará para mañana. Acuérdate que no trabajas los domingos. Si lo hicieras, tu *ch'ulel* trabajaría todo el tiempo en el *k'atinbak* cuando mueras. Y quién sabe si mañana amanezca limpio y alegre como los otros días. Cuando hayas descansado, ve por otro tanto.

A veces pienso que mi mujer manda mucho.

El hambre ya me mordía las tripas. Bebí pozol agrio batido en agua tibia. Un chile asado en el comal le dio más sabor. No tardo, le dije a mi mujer y salí otra vez con mi mecapal al hombro.

Bajé lento por la pendiente, el camino se había vuelto resbaloso. En mi corazón temí encontrarme a la Xpak'inte'. ¿Y puedes creer que la leña seguía en el mismo sitio? ¿Quién la habría dejado?, me preguntaba. Me asomé entre los arbustos por si el dueño estuviera por ahí descansando; si estaba cagando ya era mucho tiempo. No había nadie. Comencé a sentir miedo. Pensé avisar a las autoridades.

¿Te acuerdas del agente del paraje? Sí, a ese que le decían "loctor" porque era dentista. Con su forma torpe de hablar mezclaba el tsotsil con el castellano, no se le comprendía. Fui a buscarlo para darle cuenta de lo que encontré. El dueño de aquella carga pudo accidentarse o ser engañado por la Xpak'inte' que, según mis padres, es una mujer que aparece en esa montaña si alguien va ebrio, sobre todo cuando la niebla aprieta entre los árboles. Pero si fuera ella todos sabemos que se le domina sembrando un machete en la tierra, sobre sus huellas.

El agente no me hacía caso. Pensaba que yo inventaba. No te estoy mintiendo, tiene buen rato que esa carga está ahí, es la segunda vez que paso por ahí, vamos a verla, algo malo sucedió, por San Juan que no es mentira, terminé persignándome delante de él como señal de juramento.

Hasta que la curiosidad le ganó el corazón y la mente, comenzó a preocuparse. El agente sacó su "tocadisco" y su bocina para dar el aviso. Me quedé con él para esperar alguna respuesta.

Ignacio Ts'unun camina con dificultad, las enredadas ramas de zarzas le impiden alcanzar a Pedro Ton. Desenfunda su machete para abrirse paso, sabe que no cuenta con suficiente tiempo. Pedro me puede escuchar, hoy debe acabar todo. Va a lloviznar pero eso no importa, ya nada me detendrá, piensa.

Se acerca a su presa, baja el mecapal del hombro, lo desata poco a poco, mientras a unos pasos Pedro Ton Tsepente' se detiene. Sospecha que alguien lo sigue. A punto de salir del bosque se aparta de la vereda. Antes de volver la cabeza para ver quién era, un golpe en la nuca lo tira al suelo.

No habían transcurrido ni diez minutos cuando mi comadre Pascuala llegó corriendo a la Agencia Municipal. Nos sorprendió verla exaltada, acompañada de sus dos hijos. ¿Dónde vieron la carga de leña?, preguntó. Hasta allá abajo, respondí. Comenzaron a salírsele de la boca muchas palabras, sus lágrimas escurrían por sus mejillas. ¡Dios quiera que no sea mi marido! Salió temprano pero no ha llegado. Dios Padre, no ha regresado, ¡no sabemos qué le habrá pasado!, repetía.

Quién no conoce a Pedro Ton. Tiene una hija muy hermosa, lástima que sea muda. Nos organizamos para ir a buscarlo, a pesar de que la noche comenzaba a tenderse sobre los cerros. Algunos llevaron grandes ocotes, otros afocadores. Para mi desgracia, ¿puedes creer que la leña ya no estaba ahí? Todos fijaron la mirada hacia mí. Sólo nos engañaste, ¡mentiroso!, gritó un pasado alférez. Más adelante el mismo agente encontró un sombrero. Nadie habló cuando Pascuala Tsepente' aseguró que era de Pedro. Tenemos que separarnos, ¡vamos a buscarlo!, propuso el agente. Entre los árboles la neblina nos cegaba la vista. Nos ubicábamos a gritos. Nuestras pisadas sobre las húmedas hojas nos hacían temblar de frío. Parecía que los *ojovetik* salían de la montaña a vigilarnos.

Íbamos más de veinte personas con Pascuala Tsepenté. Cada uno de nosotros teníamos preguntas. Queríamos encontrar a mi compadre pero la noche oscura y fría crecía, teníamos miedo. Mi comadre pedía que buscáramos a su marido entre los pinos, los arbustos, detrás de las piedras, por todos lados. Lo intentamos. Eso, ni quien lo dude. Nuestros huaraches se hundían en las hojas y ramas podridas. Nada descubrimos. Nos deteníamos a cada rato para contarnos si seguíamos completos. El frío nos mordía hasta los huesos. Algunos calzaban botas de hule, yo sólo mis huaraches; mi *chuj* pesaba cada vez más por las gotas de agua que absorbía de los arbustos. Mi compadre no aparecía.

La oscuridad se había adueñado completamente de nosotros cuando suspendimos la búsqueda, los hachones de ocotes se habían apagado. Era imposible continuar, sentíamos la impotencia en nuestra sangre: aunque estábamos todos, en realidad no éramos nada, parecíamos criaturas en la oscuridad. Regresamos a nuestras casas para dormir. A pesar de que mi comadre lloraba de desesperación, nadie quiso seguir buscando.

Ignacio Ts'unun lleva a Pedro por el bosque, lo jala del cuello como una res para degollarla. ¡Camina!, no me compliques más el trabajo, grita, te gané, Pedro, ¿me escuchas?, Elena no será mi mujer si pensabas juntarme con ella cuando se note embarazada. Y si pensabas matarme, yo te gané.

Pedro Ton Tsepente' anhela liberarse de la soga. No soporta las cortaduras en su cuello, las patadas que a cada rato le aminoran las fuerzas para salvarse. ¿Cuál es mi culpa ante ti, padre? Cuán doloroso es mi sufrimiento por el que me traigan arrastrando hasta acá. ¿Cuándo ofendí a tus hijos para merecer esto?, lamenta su corazón. Pero no le suelta, después de recobrar el conocimiento reconoce al mismo joven que encontró cerca de su corral hacía dos semanas.

¡Por favor!, no quiero que me quites el alma, aún no he deseado la muerte, en casa me esperan mi mujer y mis hijos, suplica dentro de sí. Si fuera otro tiempo usaría su voz potente para reclamar, platicar con Ignacio y resolver el problema, pero no con golpes que le impiden incorporarse, respirar libremente el aire entre el bosque, sin angustiarse. Cuánto desea que Ignacio se apiade de él y le explique por qué lo trata como a un animal. Pero no oye respuesta de su verdugo, hace unos minutos que el silencio le ha cercado la mente con varias patadas en la cabeza, ese profundo vacío que sintió desde la última vez que bebió tanto aguardiente. Ignacio lo arrastra hasta lo más tupido de los árboles; a cada paso el cuerpo de Pedro Ton aumenta de peso entre los arbustos que parecieran defenderlo, apropiárselo. Por más que no dijeras nada, tarde o temprano se va a saber que violé a tu hija, dice Ignacio mientras avanza lento.

¡Salvador, Salvador!, mi mujer me despertó. Amanecía domingo. Aún no me había levantado cuando las autoridades ya estaban llamando para continuar la búsqueda. Me levanté espantado. Afuera, la neblina seguía densa y fría. En el patio muchos hombres afilaban sus machetes.

No dormí bien. Me desvelé pensando en dónde se quedó la leña. Alguien la pasó a traer, a lo mejor nos estuvo viendo o escuchando, pero ¿a dónde se la habría llevado?, me seguía preguntando. Quizá quería burlarse de nosotros. O temía que lo encontráramos.

El cansancio lo obliga a detenerse. Ignacio arroja a Pedro al pie de un roble. Pedro Ton ya no camina, quiere gritar. Ignacio únicamente escucha balbuceos y gemidos. La soga se apodera de su piel, comienza a bañarlo de sangre. Intenta quitársela, hace un gran esfuerzo para liberarse, morir cuando él esté preparado, mas una patada en el estómago lo doblega. ¿Ya ves?, tú no merecías esto, pero fuiste el único que me vio. En mala hora te acercaste al corral de borregos donde agarré a tu hija; por algo llegaste, le habla suave conforme le aprieta más la soga. Pedro patalea, todo se le oscurece. El dolor le invade el cuerpo. Siente que sus ojos se le salen de las órbitas; su cerebro como si se le llenara de agua, aire y muerte; su corazón late lento, cada vez más pausado.

Ignacio enrolla la soga. La avienta hasta el alto brazo del roble, la soga le queda corta para amarrarle el cuerpo como él se imaginaba. Le propina otra patada en el abdomen hasta dejarlo inmóvil. Con pasos agigantados, Ignacio regresa del bosque usando el mismo camino que hizo unas horas antes con su machete cuando comenzaba a espiarlo. Antes de llegar adonde había quedado el fajo de leña, escucha que alguien chifla como buscando algo. Al percatarse de que nadie viene, se acerca con cuidado a jalar la leña sin desatarla.

Llegamos otra vez a la entrada del bosque. Nos separamos por grupos de cinco. Unos se fueron debajo de la única vereda, otros hacia arriba. Tardamos más de una hora y nada. Nadie encontró rastros que llevaran a algún lugar. Pero se me ocurrió buscar en el mismo sitio de la noche anterior. Presentía que estaba cerca. Ya lo buscamos por ahí, me recordó Gilberto, el hijo del agente. No le hice caso, los demás me siguieron.

Caminamos largo rato para descubrirlo. En vez de seguir subiendo, bajamos la pendiente. Hasta que el hijo del agente nos llamó lleno de miedo cerca de un roble, a unos metros más de donde regresamos la noche anterior. La leña estaba ahí tirada, cubierta de tierra junto a una camisa ensangrentada. En seguida mis compañeros comenzaron a gritar y chiflar a los demás para que fueran a ver lo que habíamos hallado.

A su regreso Ignacio encuentra a Pedro tendido en el suelo, inmóvil. Al observar de nuevo el roble, ubica una rama más baja y gruesa. Desata el mecapal de la leña y la anuda con la soga. Después la avienta hasta lo alto, donde ajustó de modo perfecto. Alza lentamente el cuerpo de Pedro Ton. Al tenerlo suspendido, lo empuja para escuchar si todavía solloza o mueve alguna parte de su cuerpo: no obtiene ninguna respuesta. Termina, escucha murmullos. Se apura a desabotonarle la camisa; con la punta bien afilada de su machete comienza a rayarle la piel para hacer que sangre. Así pensarán que fueron varios quienes te colgaron. Mañana estaré en otro lugar, ¿y mi madre? Le diré que vinimos a buscarte, le sigue hablando. Recoge la camisa y con ella cubre la leña. Ignacio espera hasta que el bullicio desaparezca para ir detrás de ellos. Deja a Pedro suspendido en la oscuridad.

De veras, ya no me acuerdo cuándo fue la última vez que te vi. Ya ves que allá en el paraje nos conocemos todos. Pero no supe cuándo saliste. Ah, sí, no tuvimos que buscarlo más. Cuando vimos la leña levantamos la mirada y Pedro Ton estaba ahí colgado con las manos, los testículos y los pies atados. En eso se había empleado el mecapal. Lo hubieras visto. Sin camisa, sin pantalón y sin vida. Desnudo no se parecía realmente a Pedro: la espalda, los brazos, los muslos desangrados por las ralladuras. A todos los que lo vimos nos dio coraje. Moscas verdes comenzaban a revolotear el cuerpo sin *ch'ulel*. El escalofrío me recorría la sangre, los pies y la cabeza. Era casi mediodía.

    Mi comadre y sus hijos no sabían qué hacer. Pascuala se lamentaba por la muerte de su marido. Mi ahijado Manuel y su hermana Elena se ahogaban en llanto.

A Pedro lo habían pasado al *k'atinbak*, dicen que ahí es donde nuestras almas van a pagar con trabajo eterno nuestras culpas terrenales, donde Dios ya no ayuda a los que murieron mal encaminados. Pero a Pedro lo habían enviado quién sabe con qué culpa.

Las autoridades dieron la orden para bajarlo. ¿Por qué así, señor? ¿Te habrán matado por levantar ramas tiradas en este bosque, en estos árboles dueños de nuestras almas, de nuestra sangre? ¿Cuál fue el motivo, quién te lo habrá hecho?, balbuceaba Pascuala Tsepenté, hincada frente al cuerpo de su marido recién descolgado. Abría la boca como queriendo gritar, pero nadie la escuchaba. Todos mirábamos el cuello de Pedro quemado por la soga. Mandaron traer unos petates para llevarlo a su casa.

No supimos quién o quiénes habían sido los asesinos. No le desatamos la cuerda al sepultarlo. Lo mandamos con ella porque así llegaremos a saber quién lo mató. El asesino se sentirá siempre con los pies atados.

En serio, mi compadre era humilde y respetuoso. Hace mucho que su mujer le cortó la lengua por borracho, pero eso ya no importa. Ahora ya sabes cómo encontramos a Pedro. Tú, aquí en Jobel, ¿por qué dices que ya no quieres visitar a tu madre? Ella dice que estás muerto.

Extravío

Elena se arrastra por la loma bordeada de arbustos, una espesa neblina le cala la piel. Sus pies apenas logran sostenerse por la resbaladiza pendiente; le urge avanzar, subir hasta donde vive Ignacio Ts'unun.

Así que sabes llorar. Pero esto no se va a quedar así, tú lo quisiste y vete a buscarlo. No quiero verte más, lo que hablan de ti también me lo dirán a mí que soy tu madre. Sabes que aquí no hay dinero, no tenemos quien nos mantenga. Lo único que haces es lloriquear, ¡apúrate a buscarlo en vez de estar perdiendo el tiempo! Con el rostro cubierto en un rebozo azul, Elena solloza en silencio. Sabe que aunque vea a Ignacio no se salva de la desesperación. No llora por la pena que le ocasionaría verlo, sino por la vergüenza que la llena de rabia. Aun así no logra afianzar sus pies que apenas se despegan del lodo. Avanza lentamente, la neblina pesada le impide ver con claridad el suelo. ¿Cómo demostrarle el dolor que siente su corazón, reclamarle lo que ha causado? Sus manos buscan con qué sujetarse, algo que la ayude para subir con más facilidad.

Después de mucho esfuerzo observa la vieja casa de adobe encima de la loma entre escasos árboles. Por el tejado escapa un hilillo de humo que desaparece en la grisácea neblina.

Con un reloj se diría que es mediodía. Entonces estaríamos conscientes del tiempo. La muerte podría borrar los pasos de Elena, pero nadie sabría quién la orilló a tal destino. Se acerca a la puerta de la choza habitada por un alma solitaria, una mujer alejada del paraje. Elena se detiene e intenta despegar los labios. Desea que las palabras florezcan en su lengua, sólo se escuchan sonidos entrecortados, una lengua que se retuerce dentro de la boca sellada por el miedo. Se aproxima a la puerta de madera. Por la rendija mira si hay alguien dentro. Juana abre repentinamente la puerta, Elena se echa para atrás. Su corazón salta desesperado, siente un leve golpe en el vientre.

Juana Ts'unun escucha la respiración agitada de Elena frente a su puerta. ¿Qué será lo que busca esta muchacha?, se pregunta. Por un momento cree que es alguna criatura de la niebla. Ella rezaba frente al altar cuando una silueta aparecía detrás de la puerta de tablas, acercándose poco a poco. Ahora está enfrente de ella, aún no puede creer que Elena Ton apareciera de forma tan misteriosa en su casa.

Sus ojos están hinchados de llanto y culpa. Elena teme ser corrida como a un perro que roba. Abre la boca y las palabras se convierten en sombras de miedo. Saca las manos debajo del rebozo. Frente a Juana Ts'unun intenta decir algo con ellas, sus movimientos son desconocidos por la señora; esconde nuevamente las manos. Juana no sabe qué hacer ni decir a Elena. Nota sus ojos enrojecidos, por sus mejillas resbalan lágrimas que desaparecen en el rebozo. Juana Ts'unun tiene la mirada cansada, su cabello encanecido se confunde con el color de la neblina. Ahora que está frente a ella, no deja de observarla atemorizada. La compasión hace que la imagen triste y silenciosa de Elena se grabe en su mente.

Que hable, que diga qué quiere, yo no sé qué decirle. Si por lo menos me dijera algo, dos o tres palabras, no importa, dice Juana Ts'unun en su corazón.

Inmóvil como un árbol deshojado y de baja estatura, Elena sigue parada, busca una salida por donde nadie pueda detenerla, fugarse sin que Juana se dé cuenta. Han pasado más de cuatro meses desde que Ignacio la violó, aunque para ella el tiempo no pasa. El golpe, recibido hacía un momento de su madre, sigue ardiente en su rostro. *Quiero ver a Ignacio, ¿dónde está?* Saca las manos una vez más de su regazo, no le ayudan para comunicarse, el movimiento de aquellos miembros es insignificante.

No te entiendo, deja de llorar, di algo, no me mires así, ¿qué te han hecho?, ¡estás temblando!, siente su penetrante mordedura, no me hagas eso, háblame, inquiere Juana sin obtener respuesta. Lo único que logra es provocarle más lágrimas que corren sobre el rostro mojado de Elena. *¿Dónde está Ignacio?, él me embarazó,* piensa, pero las palabras se le quedan pegadas en la lengua, como siempre. Sólo después salen convertidas en sollozos. Entiende que Ignacio no está en casa, y nunca más lo volverá a ver. No sabe a dónde ir. *Nunca hubiera nacido, ser mujer pesa más que cargar con esta culpa.* Sin levantar la mirada, sale corriendo, se dirige a la boca oscura del bosque, entra en un camino que ya nadie usa, sólo sus silenciosos pasos lo reviven. Sus manos van rompiendo la neblina tejida entre hojas y ramas. Los pájaros cantan entre los árboles enmohecidos. Camina. No sabe a dónde le llevará el atajo, travesía envuelta de pánico. El corazón le late rápido, su respiración se altera, inhala más aire para tranquilizarse pero todo es miedo. Escucha la voz de su madre que la busca, siente otro golpe en el vientre. Quería ocultar su embarazo, su madre ya lo había notado. No sabe a dónde dirigirse, apenas logra ver los árboles que siguen enfilándose como si pretendieran acorralarla, engullirla.

Cuánto hubiera querido decirle a su madre que no lo hizo a propósito. A sus dieciséis años, apenas vestida con un rebozo, blusa deslucida y falda estropeada que ella tejió, crecida a pesar de la pobreza de sus padres, de la indiferencia de su hermano que nunca la quiso, nadie la defendió de Ignacio Ts'unun. *No le bastó con violarme, piensa, él fue quien mató a mi padre. Ojalá que cuando él muera sienta el mismo dolor, que su cuerpo y alma nunca dejen de sufrir.*

No es mentira. Pensé que sólo estabas mal del apetito, que simplemente no te gustaba la comida que vomitabas. ¿Qué harás con esa cosa que tienes en tu barriga? Nomás eso nos faltaba: ha de tener unos cuatro meses. ¿Quién fue? Tú sabes a quién le abriste las piernas, vete a buscarlo para que te cuide y te mantenga. Si tu papá viviera ya te hubiera matado, recuerda las palabras de su madre.

Siente que la persiguen criaturas de la montaña. Casi la atrapan. *Ya te hubiera matado.* Alguien, posado en la neblina, la observa. La voz de su madre calcina su mente.

Aún camina, sus pies se hunden en la espesura de la hojarasca y de restos de alimañas caídas de los árboles. Quiere salir de ahí, mas su vientre crecido y diferente la estorba. Alguien le grita a su espalda, voltea a buscarlo de inmediato. No distingue nada a través de la neblina. El miedo le domina la mente y el corazón. Al volver la mirada, un fuerte golpe de palo en la nuca la derriba, una patada le azota el vientre.

Respira con dificultad. No me hagas sufrir así, que tu corazón tenga piedad de mí, implora dentro de ella con las lágrimas escurriendo por las mejillas. Una fuerza fría y pesada le aplasta los pies, las manos, el cuerpo entero. El aire que respira le raspa la nariz. Intenta levantarse. Su falda y sus rodillas se empapan en sangre. Se hinca con la cara enlodada. Un hálito emerge de su boca que pronto desaparece en la bruma. Si no respiro tampoco lo hará lo que tengo dentro, especula, su fuerza era más grande que la mía, dentro del corral me agarró y recostó sobre la mierda de los borregos, alzó mi enagua y me sujetó de los muslos, separó mis piernas en el silencio de la tarde. Ahora mira dónde estamos, ¿escucharé cuando dejes de respirar? A nadie le importas. Él no está aquí. Ojalá lo coman los gusanos más pronto que a nosotros. No puedo más, has dejado de moverte. Elena tiembla, la niebla le empaña los ojos y le reseca los labios, ansía gritar, hincada en el estómago de la montaña.

Lentamente se desploma sobre la tierra. Unas manos frías la asfixian, le hielan la sangre desatada en el fango, se tiende en el suelo. Se acurruca doblando las rodillas y las manos sobre el abdomen. Su corazón ha dejado de hablarle, como recién nacida se encoge en los brazos de su madre. Siente otro golpe dentro del vientre abultado, una suave caricia que quiere despertarla. Un último aliento escapa de su boca.

Los hijos errantes

Lorenza entreabre los párpados con un intenso dolor de cabeza, como si la noche le hubiera caído encima; un olor a podredumbre la obliga a taparse la nariz con los dedos. Se incorpora de inmediato y se pone su enagua, la amarra con su faja ancha y roja.

Antes de lavarse la cara se peina con los dedos la cabellera. Lorenza se extraña de sentirla tan corta. ¿Y mi cabello? ¿Qué pasa con mi cabello, por qué está tan corto?, reclama sorprendida. Sus manos no hallan el manojo de hilos que acostumbraba peinar hasta la cadera. ¿Dónde está mi cabello?, le pregunta a Manuel, quien permanece acostado en el suelo de tierra, inmerso en un sueño profundo. La noche anterior, ella se acostó ya pasadas las doce, no supo a qué horas llegó Manuel.

Manuel, ¿qué me pasó?, dime qué me hiciste. Las preguntas se deshacen en el aire, en la suave oscuridad del amanecer; si su padre siguiera vivo estarían en la montaña recogiendo leña. Ahora que se ha quedado solo nadie lo obliga a levantarse tan temprano, mucho menos su esposa que reclama por su cabello. Ella lo mueve en vano para despertarlo.

Desesperada, Lorenza levanta las chamarras por si su cabello está debajo. No halla nada, ninguna hebra como señal. Por un momento se queda distraída al notar un envase que exhala el olor del Resistol 5000. La preocupación por su cabello la saca de su ensimismamiento. ¿Pero qué me han hecho? En la mente de Lorenza no cesan las preguntas. Su mirada y sus manos temblorosas buscan por todas partes. ¿Quién me ha hecho esto, Dios mío, qué me ha pasado? Los hombres pensarán que me he convertido en esas muchachas que trabajan en las cantinas del pueblo, cavila. Manuel vuelve a jalar las chamarras. No piensa levantarse, aunque afuera el sol no tarde en asomarse detrás de los cerros.

El lamento de Lorenza inquieta a Pascuala Tsepente' que termina de guardar las tortillas en su tecomate. Cuelga su comal de un clavo en la pared de madera, sale de su casa y se dirige a la de su hijo; observa entre las rendijas a su nuera enloquecida, sacudiendo las cosas que hay en el suelo. Se agacha a mover a Manuel, y aunque logra que éste se siente, el ceño fruncido la atemoriza y se echa para atrás. ¿Qué quieres, pinche Lorenza?, cállate y acuéstate otra vez, las palabras de Manuel salen convertidas en espinas de cardos que arañan los oídos de Pascuala. Dime qué hiciste con mi cabello, vuelve a preguntar Lorenza con los labios temblando. Manuel se levanta enfurecido; después de ponerse los pantalones, alcanza sus huaraches nuevos con olor a carne podrida. Se los calza y se acerca a Lorenza que intenta abrir la puerta para huir: ¿Ya viste?, esto te pasa por pendeja, ya deja de chingarme. A su corta edad nunca le habían dicho pendeja, pero desde que Manuel regresó de Jobel sus palabras son puntiagudas, de esas que lastiman el corazón al escucharlas.

Pascuala encuentra un machete sin la funda en el patio. Lo toma del mango y lo lleva a la pared a esconderlo entre la fila de leña, para evitar cualquier desgracia. Últimamente teme a su hijo más que a un ladrón, se ha vuelto violento sin importar a quien se enfrente; antes era pasivo, obediente y respetuoso, como quien tiene completa el alma. Enseguida, más confundida, levanta del suelo un par de blusas y reconoce que son de su nuera, las suelta y se asoma por las rendijas de la casa de su hijo al escuchar sus regaños.

Después de un momento, debajo de las prendas mismas que Pascuala no había prestado atención al principio, halla un montón de cabellos. Trata de recogerlos pero están hechos trizas. ¡Suéltame, Manuel! ¿Por qué te enojas?, se queja Lorenza dentro de la choza. Pascuala intenta abrir desesperadamente la puerta, mas no lo consigue. Tranquilícense, hijos, ya no discutan, implora desde afuera. Después de un lapso corto de silencio, continúan los insultos.

¡Te dije que te iba a cortar esas trenzas! ¿No entiendes que así te ves más bonita? Los reclamos de Manuel salen por las rendijas. Pascuala, nerviosa, empuja las tablas. Los golpes de unas ollas de peltre provocan que su corazón se angustie. Observa que su hijo tiene a su esposa contra la pared apretándole el cuello. Lorenza, con rostro tierno y espantada, intenta soltarse de las manos de Manuel pero sus fuerzas son inferiores. El aire no baja por su garganta. Agita las manos, la impotencia crece en sus ojos rasgados a punto de estallar en lágrimas.

Pascuala despega su rostro de las tablas. Recuerda a su marido ensangrentado cuando lo mataron. Los odios se acrecientan en su corazón. Su difunto marido: su sangre absorbida por la tierra. A *tu esposo lo mataron. Lo encontramos colgado de un árbol con la piel cercenada.* La nostalgia le empequeñece el corazón. Te dije que te pintaras la boca como las muchachas de Jobel y no lo has hecho, que te pusieras un vestido de manta corta para que me gustes, ¡tienes que obedecerme, puta Lorenza!, Manuel continúa increpando a su pareja, encerrados en la pequeña choza.

Pascuala corre a su jacal a toda prisa. Llega frente al altar, se hinca. Clava la mirada en la cruz de cabeza, apaga la única veladora; con sus ásperas manos pone de pie la cruz. ¿Para qué te sigo rezando si de nada me sirves? Todo me ha salido mal, pronuncia. Las imágenes y los lamentos se confunden en su mente y en su corazón:

Tuvimos que visitar varias veces a Dominga Me' Tuluk'. Nos lo había advertido. Que nuestro bebé venía sentado, y era peligroso. Le obsequiamos varios canastos de huevos, panes y refrescos para que nos lo acomodara. Más duraba en aplastarnos la panza con sus manos frías y secas, que él en sentarse de nuevo.

No debemos llorar, Manuel es aún nuestro hijo. Eso sí, hemos gastado mucho y nada nos lo ha curado. Es inquieto, nos decía Dominga. Hasta eso, nos dijo que iba a ser niño. Entonces nació una noche, después de que nos dimos un baño en el temascal. El dolor no nos duró ni una hora, tenía tanta prisa en salir a sentir el aire. Pedro fue a emborracharse una semana completa de puro contento, pasó toda la semana ausente de la casa. Elena, su hermana mayor, tenía tres años y ni siquiera hablaba. Seguimos esperando a que aprendiera a usar la palabra, hasta que a Manuel, al cumplir un año, le entraron las palabras en su boca y pronto pedía su chichi para comer; mamó hasta que cumplió cinco y entendimos que Elena nunca hablaría.

Así fue. Nuestro Manuel creció al lado de su padre, juntos trabajaban la milpa. Y cuando Pedro desapareció, fuimos a buscarlo hasta que supimos que ya lo habían encontrado colgado de un árbol. Desde ese entonces no entendemos lo que pasa en nuestra familia. Nuestros hijos se quedaron sin padre. Poco a poco las preocupaciones se amontonaron en los días hasta que una tarde dijo que ya sabía trabajar, que estaba preparado para vivir con una familia propia. Entonces lo acompañamos a pedir a su mujer. Lorenza y nuestro hijo tenían la misma edad. Nada más que ella había ido a la escuela. Él sabía que tenía que trabajar para comer como le había enseñado su padre. Por eso quería mujer. Lorenza no pudo elegir otro camino que a nuestro hijo, vivir juntos y comer lo que se pudiera. Pero quince días después Manuel tuvo que ir a Jobel a conseguir un mejor trabajo, tenía que pagar lo que le habían prestado para los presentes que entregó a sus suegros. Ser peón no da para ahorrar, dijo. Únicamente dos semanas estuvieron juntos y nos quedamos solas Lorenza y yo.

Así estuvimos medio año, hasta que su tío Juan lo trajo de vuelta moribundo, como si fuera una masa aguada. No aguantábamos su olor podrido, sus huesos de anciano, de milagro venía vivo. Llamamos al *ilol* para curarlo del espanto, de los malos aires y las malas palabras de los *kaxlanetik*, porque sus pensamientos ya no eran los mismos, su respiración era agitada como si quisiera algo más que el aire. Traía los ojos enrojecidos, y a veces babeaba como un perro rabioso. Eso nos dio mucho miedo. Sagrado padre, sagrado señor, carga a tu hijo, carga a tu flor, cometió una falta ante tus ojos, se metió en un problema ante tus pies. A nuestro hijo le cambiaron el corazón, a nuestro hijo le cambiaron la mirada. Así está ahora, los rezos y velas no le han servido. Él ya no cree en esas cosas de Dios, dice que no existe. Necesita de ese olor podrido y pegajoso que le hiere el alma. Ahí es donde lo han lastimado.

Pascuala sale otra vez de su jacal con la cabellera enmarañada y las mejillas húmedas, se seca las lágrimas con las palmas de las manos. La puerta sigue cerrada. Leñas tiradas, precisamente donde había guardado el machete; temerosa, lo busca y no lo encuentra. Escucha los alaridos de su nuera: ¿Pero cómo quieres que me quite mi enagua, si es mi única ropa? Pascuala abre bien los oídos. Pensarán que soy una loca si me ven con la boca roja, ¿quieres que piensen que soy de esas mujeres que se venden?, dice Lorenza. ¡Ésas se llaman putas!, responde Manuel enfurecido, y son más bonitas que tú. A Pascuala se le calienta la sangre, siente que sube como una culebra de fuego hasta llegar a su cabeza. Su corazón vibra, es un tambor anunciando miedo y enojo: un tambor grande; un sonido grave y rápido que llega hasta sus pies. En Jobel lo han enfermado, escucha dentro de sí. Nos lo han matado. Las manos de su hijo se apoderan del machete, lo levanta a la altura del estómago de su mujer.

Voces ardientes escapan por la rendija de la puerta. *Nos lo han matado.* Pascuala se aproxima a la puerta, su nuera sale corriendo y choca con ella, caen al suelo, Lorenza se golpea la nariz en un trozo de madera, mana sangre oscura e incontenible. Manuel sale tras ella blandiendo el machete; sin pensarlo, la patea repetidas veces en el vientre y la cabeza. Ella llora, balbucea: Ya deja de pegarme, ¿qué te he hecho? Te dije que te vistieras como las muchachas de Jobel, quiero verte como una puta, grita él enfrente de su madre que se ha levantado. Al advertir que ella se acerca, le dirige una mirada encendida, babeando. Frente a frente Manuel es más pequeño y escuálido que su madre. Por tu culpa mataron a mi padre, y mi hermana fue una puta que murió dentro del bosque, le reclama con palabras ardientes que llegan a los vecinos presenciando el alboroto.

Pascuala cae al suelo de nuevo. *A nuestro marido y a nuestra hija los han matado*, la voz sigue serruchándole la mente. *Manuel ya no es nuestro hijo, le han cambiado el corazón. Ya no tiene* ch'ulel. Un ruido perforador inunda su memoria.

Manuel toma del cuello a su mujer y al soltar el machete, con el puño derecho, le golpea el estómago. Pascuala le grita a su hijo que suelte a Lorenza: Ya no le pegues más, sabes muy bien que está embarazada, no eres un asesino, ¿dónde quedó tu *ch'ulel* que actúas así? La voz quebrantada de Pascuala se pierde entre sus hijos. Sus ojos no sólo se llenan de lágrimas, también de miedo. Manuel no tiene oídos para su madre. Entonces eres una vende culos, ese hijo no es mío, acabo de regresar ¿y ya estás embarazada?, interpela Manuel, enloquecido. La sostiene de la cabeza y le embarra la cara con su propia sangre. Pascuala se cuelga de los brazos de su hijo al ver que agarra nuevamente el machete dirigiéndolo al vientre de Lorenza. Logra quitárselo, pero siente que sus manos actúan bajo una voluntad que no es la suya. El tiempo no le es suficiente para pensar en cómo detener a Manuel que intenta arrebatarle el machete. Enloquecida, Pascuala lo alza para esconderlo, pero una vez en el aire, con las dos manos empuña fuertemente el mango precipitándolo sobre la cabeza de su hijo. ¡Ah!, exclama cuando el cráneo se parte y se desploma al suelo bocabajo. De la cabeza brota sangre como manantial. Lorenza se lamenta a gritos, sus quejidos se dispersan entre la multitud.

Pascuala no se encuentra con su *ch'ulel*, clava los ojos en su hijo expirando en el suelo. Sin estar consciente, arroja el machete a un costado de Manuel, sale huyendo con el cabello alborotado y la blusa desabrochada, con el rostro pálido de una recién parturienta. Se dirige a su altar y se apodera de la cruz. *Hemos matado a nuestro último hijo, lo hemos matado*, la voz se arremolina en su mente. ¡Ya deja de hablarme, déjame sola!, riñe aturdida y cae hincada al lado del fogón, llorando.

Su mirada se recrudece en la Cruz asida en sus manos. ¿Eso querías, señor mío: dejarme sola, sin tus hijos, sin mis hijos?, le interroga. Nadie hace caso a sus lamentos, la gente se amontona a mirar el cráneo deshecho de Manuel Ton, bañado de su tibia sangre. ¡Nunca me has servido!, ¿a quién engañas?, repite enfurecida a la cruz que avienta al fuego. Pascuala sonríe desquiciada al observar cómo las llamas crecen entre las brasas; ríe a carcajadas frente a una jauría de sombras que acechan su mirada marchitándose frente a las llamas del fuego, unas llamas que calcinan con lenta complicidad la sustancia y la esencia de la cruz hasta dejarla en ascuas.

Canción de muertos

Lucas y Catalina Ts'unun se acercan a la puerta principal de una casa de madera. Las calles pedregosas de la colonia Primero de Enero son vigiladas por perros sucios y hambrientos, echados ante las paredes de las chozas. En cambio, el hogar de Lucas y su mujer es el único que carece de perros vigilantes a pesar de los borrachos de la cantina La Tejana.

¡Apúrate, viejo, abrí la puerta, no te quedés baboseando!, reclama Catalina Ts'unun a su marido, provocando la curiosidad de las muchachas que visten blusas bordadas y naguas elegantes en la entrada del bar. Lucas se adelanta tembloroso para abrir el portón de costeras. Justo al levantar las manos para quitar la tranca, se detiene y agita la cabeza. ¡Ábrelo ya!, que Ignacio no debe tardar con su novia, ¿qué no escuchaste ayer lo que dijo, que la va a traer a vivir con nosotros? Así que apúrate, Catalina Ts'unun alza nuevamente la voz, exasperada. Creo que ya nos ganaron, si hasta dejó entreabiertas las puertas, mira. La ronca voz de Lucas apenas se escucha. Incrédula, ella se le queda viendo a su esposo con la frente arrugada. Finalmente los dos entran con curiosidad. Otra vez, Ignacio está tomando, piensa Catalina al pasar muy preocupada; desde que llegó a vivir con ellos lo quiso como el hijo que nunca ha tenido, que ni con Lucas, su segunda pareja, lo consiguió.

Sus tíos habían atrancado el portón con un pedazo de palo, pero a Ignacio le bastó propinarle una patada para entrar sin estorbos. Se dirigió, tambaleante, a una pequeña galera roja. Una vez dentro, aseguró bien la puerta. Afuera, la débil claridad de la tarde se untaba en la piel de los caminantes.

Halló un tronco seco: se sentó sobre él para tratar de meditar lo que había visto en la cantina. ¿Qué más hago aquí?, soy un obstáculo, un perro que ya nadie quiere aceptar, dijo dentro de su corazón. En un rincón vio unos costales vacíos. Ya no hallaba remedio alguno. Me voy a matar, pensó. Trató de incorporarse, pero sus pies apenas pudieron sostenerlo, y fue a desatar la cuerda con la que estaba sellado uno de los costales. Se aseguró de la resistencia tirando de los lados. Una sonrisa se dibujó en sus labios, al mismo tiempo que unas lágrimas rodaban sobre sus mejillas.

Dirigió la mirada hacia el techo para ubicar dónde atar la cuerda. Dio con una viga, trató de alcanzarla mas su baja estatura se lo impidió. Sin pensarlo dos veces, regresó por el pedazo de tronco.

Amarró la cuerda, y al jalarla advirtió que quedó muy corta. Fue nuevamente a los costales, pero antes de llegar sacó de la bolsa de su pantalón una botella de Coca-Cola con *pox*. Luego de destaparla, se la empinó para aplacar su gran sed de agua ardiente. Arrugó el rostro con un quejido en la garganta, después se limpió la comisura de los labios con la manga de su camisola.

Encontró en otro costal una cuerda más larga. Unió los cabos y le pareció suficiente, al instante preparó el dogal. Ya no nos importa nadie, se dijo, después de todo, es como si ya no tuviéramos madre; ni Elena sabe de nosotros, ya van nueve meses que nos alejamos de ellas, nueve meses, justo el tiempo para que un hijo debiera nacer. Agarró la cuerda e intentó columpiarse. Escuchó en el techo la caída de una tierna llovizna, de pronto su corazón comenzó a recobrar voz propia. ¡Apúrate, Ignacio!, que esto debe ser rápido, le decía, ya lo tienes todo listo, sólo te falta subir sobre el tronco y colgarte. Ya nadie te quiere, aquí no es tu tierra, no es tu agua. A Ignacio le daban ganas de llorar, como cuando iba al monte con su padre, quien le obligaba a cargar un fajo de leña; si lloraba, lo callaba una docena de chicotazos.

Hace nueve meses su madre y Elena se quedaron en Chicumtantic. Ignacio nunca quiso acordarse de ellas; cada vez que lo hacía, sentía un gran anhelo de volver a pisar la tierra de su paraje, oler el aire de las montañas. Al mismo tiempo no podía evadir los recuerdos de Pedro Ton, siempre se topaba con él entre la neblina. Y prefería no acordarse de su madre ni de la tierra húmeda.

Ya no tienes madre, le insistía su corazón hostigándolo. Ignacio se dispuso a acomodar el tronco. Sus labios deseaban otro trago de *pox*; al vaciar la botella, la lanzó al suelo.

Lucas nunca supo por qué Ignacio llegó a su casa sólo con una caja de cartón, donde no traía más que una muda de ropa. Llegó empapado. La caja estuvo a punto de deshacerse entre sus manos, bajo una lluvia incesante y fría como siempre había sido en Jobel. Le dieron un cuarto de madera con techo de cartón en una colonia habitada por indígenas.

Al siguiente día comenzó a trabajar de aprendiz en la carpintería de su tío Lucas, donde duró unos cuantos meses; comenzó a ausentarse, por las noches llegaba borracho azotando lo que encontraba a su paso. Huía de todo lo que hacía, como en este instante que no consigue apaciguar su corazón, como cuando un día dejó a Pedro Ton colgado en un roble, cubierto de neblina.

Elena Ton supo un día que Ignacio había salido del paraje después de que encontraran muerto a su padre en la montaña, pero su mudez le impedía delatarlo. Bien dicen que los mudos pueden ver las patas de las serpientes porque no lo pueden contar. Ella estaba segura de que Ignacio regresaría algún día; no hay forma de huir de donde uno nace, pues también ahí tendrá que volver cuando muera.

Hacía dos meses que Ignacio conoció a Lorena en el mercado; ella vendía empanadas con su tía gorda. A Lorena la vio muy hermosa con los labios rojos y el cabello teñido de rubio. Ignacio no podía olvidar su sonrisa, ni aquella falda corta de mezclilla que mostraba sus piernas blancas. Comenzó a frecuentarla cada tarde observándola desde lejos; luego apareció en sus sueños abrazándola, besándola como en las telenovelas que veía su madre todas las tardes. Deseó casarse con ella. Pero no sabía cómo comunicarle su sentimiento. Sentía vergüenza, miedo.

Ignacio negaba a su madre, negaba la misma tierra en donde vio por vez primera árboles y lagartijas de colores que le gustaban para cortarles la cola. Mamá, quiero ir a Jobel, quiero aprender la inteligencia de los *kaxlanetik* para tener mucho dinero y una mujer blanca, le decía a su madre; ella le contradecía: No quiero que vayas a vivir a Jobel, las muchachas de la ciudad son unas haraganas. Se pasan el tiempo pintándose la cara y las uñas, no son de sentarse en la casa y hacer tortillas; mucho menos van a querer impregnarse de humo, de nuestro olor. Míralo en la televisión, ¿acaso tienen fogón como nosotros? Nada más saben andar en las calles y tiran su dinero a la basura; además, no te van a querer, hijo, entiéndelo, los *kaxlanetik* odian a los chamulas. ¿Acaso no te gusta la Rosa para mujer?

Juana Ts'unun no comprendía lo que Ignacio soñaba. Para Juana la televisión lo mostraba todo tan cerca y real; la comida, la ropa, las formas de vida de otras gentes. No entendía el castellano, pero se daba cuenta de las mujeres de la ciudad; la televisión le mostraba otros seres, otros mundos.

Mi madre no sabe lo que dice, pensaba Ignacio, además, ni tierra tenemos en donde sembrar la milpa; ¿y quién vive ahora de la milpa?, ya todos se van a trabajar lejos. Cuando regresan son más respetados con su ropa nueva y limpia.

Ahora Ignacio sube con mucha dificultad sobre el tronco y abre el dogal de la cuerda. Lorena es una puta, se burló de mí, murmura. Sus abuelos le decían que las mujeres de la ciudad viven como perras, dejan a sus maridos cuando se les pega la gana y se van con otro. Ignacio no lo creía. ¿Ellos, cómo lo saben?, se preguntaba. A Lorena no logra borrarla de su mente desde que la conoció.

Todo comenzó unas horas antes, cuando él bebía en la cantina con sus amigos. Gastaba lo poco que tenía. La música en alto volumen le animaba a cantar una canción. Invitó a una joven de huipil blanco lleno de bordados sobre el pecho a sentarse en su pierna y comenzó a tocarle los senos. No le importaba el olor fétido del lugar, ni de las ficheras después de besuquear a incontables hombres. Las muchachas de mi paraje no quieren besar, no se pintan los labios, le decía a la joven mientras le metía la mano bajo la falda sin que ella protestara. Al sentir sus tibios muslos se acordó de Elena Ton, de cuando le abría las piernas en su corral de borregos. Intentaba zafarse pero él la tenía bien sujeta; al meterle la mano bajo la enagua descolorida advirtió que Elena no llevaba ropa interior, al igual que la muchacha sentada en sus rodillas. Uno de sus compañeros lo sacó de sus recuerdos cuando le dijo: ¡Chinga tu madre!, puto Nacho. ¿Ella no es tu prometida de la que tanto nos has hablado? Sí que está bien bueeena, y suelta una carcajada. Ignacio se dio la vuelta. Ciertamente, a sus espaldas, en un rincón de la cantina, Lorena estaba en los brazos de otro hombre. Salió de la taberna con la sangre hirviendo, sin saber qué hacer. El hombre era más grande que él, un *kaxlan* con botas finas y sombrero negro. ¿De veras pensabas que quería casarse contigo, Nachito?, le decían sus compañeros que no dejaban de reírse a carcajadas.

Las casas se envolvían con la pobreza de las calles, ni un alma se asomaba a esas horas del atardecer. La cantina era el único establecimiento que permanecía abierto; las muchachas comenzaban a salir con desconocidos que les ofrecían unos billetes y luego regresaban. ¡Pinche indio, chamula!, reclamaba el corazón de Ignacio, ¿acaso tu madre tenía razón? A Lorena le había dicho, cuando comenzó a perderle el miedo, que él era de Jobel y no tenía parentesco alguno con gente de parajes. Él no era un indio.

No quiso ir a su casa al instante, buscó dónde comprar *pox* en el camino. El aguardiente le supo mejor que la cerveza. Era como beberse un trago de fuego que le calentaba el estómago, le despertaba su *ch'ulel*. La idea de matarse le llegó al pasar frente a la puerta de una casa deshabitada, en donde hacía unos años, un primo suyo murió ahorcado dentro de su cuarto después de haber festejado con su mujer su regreso de los Estados Unidos. No valía la pena seguir viviendo, en el tugurio lo había visto todo. Vagó bajo una tarde nublada con el corazón fragmentado.

Un golpe en el portón de la choza lo saca de su ensimismamiento. Dentro de la galera nace la oscuridad. Viene a su mente lo que le hizo al mudo. Siempre que soñaba con Lorena terminaba sintiéndose atado. Por más que lo intentaba no lograba desatarse los pies, una cuerda invisible lo sujetaba.

Trata de ponerse en pie y un fuerte mareo le asalta la cabeza; la voz aguda de su tía llega hasta él. No, todavía no han entrado, balbucea con la lengua adormecida. Se asegura por una rendija y le parece raro que no estuviera lloviznando. Un suspiro se apodera de su pecho. Cierra momentáneamente los ojos y cae al suelo boca arriba. Intenta alzarse y acerca un poco más el tronco debajo de la cuerda. Quiere olvidar que es un chamula. Al llegar a Jobel no era el mundo que pensaba; los mestizos no le daban trabajo, todos le pedían papeles, se reían de él, lo único que llevaba era su acta de nacimiento. Buscó en todas partes un trabajo donde le permitieran ganar mucho dinero, pero todos lo rechazaban; comenzó a sentirse ajeno, no lograba ser lo que soñaba, refugiarse en el alcohol fue la solución inesperada, el que lo ayudaba a olvidarse de ser nadie.

Sus tíos se acercan. Ignacio pasa su cabeza sobre la cuerda y la ajusta en su cuello. Sólo le falta aventarse del tronco. Se acuerda de un río donde tiene que cruzar su alma. Un río profundo. La muerte está separada de la vida sólo por un caudaloso río, decía su abuelo, nosotros no podemos cruzarlo, un perro negro viene a cargarnos. En cambio, a los *kaxlanetik* un perro blanco los salva. Esa vieja nunca creyó en ti, interrumpe su corazón, amonestándolo. Presiente que sus tíos se acercan cada vez más, escucha la voz estremecida de su tía. Se arrepiente. Catalina se dirige a la galera, nunca le había gustado verla llorar, y menos ahora. Intenta desatarse la cuerda de su cuello. Elena Ton tendrá un hijo mío y mi madre me espera en casa con su pozol frío, piensa Ignacio. Siente ganas de ver a su madre, verla anhelante de él. No soy un idiota, se convence. No ha terminado de desajustar el amarre de la cuerda cuando el tronco se ladea, sus pies temblorosos pierden el control hasta resbalarse.

La cuerda parece romperse en su garganta, mientras más se mueve su piel sangra. Alguien le jala los pies como en sus sueños, siente su cuerpo muy pesado. Los ojos se le inyectan de sangre. Mueve las manos por todas partes, ansía la vida, la luz, sin embargo todo se oscurece. Un sonido infinito irrumpe en sus oídos. Ya no escucha su corazón. Ya nadie habla. No sabe si lo que oye es la canción de los muertos entonada con el arpa y la guitarra, música suave, monótona e infinita que se eleva en el aire y le guía el alma. Le duele la muerte, solo y su muerte.

Se va su corazón, su alma se desprende de su cuerpo para andar todos los caminos que recorrió, recoger lo que fue de su cuerpo, pelos, uñas, ropas quemadas, olor y sudor para que finalmente se vaya al k'atinbak a trabajar para siempre y pagar su culpa.

Afuera una luz fúnebre y rojiza tiñe el horizonte de Jobel. Detrás de los tíos de Ignacio los sigue un espeso frío. Catalina observa la galera cerrada, sobre los cerros de Moxbikil se tiende luctuosa la oscuridad, se adueña de su mente; siente un escalofrío en los huesos, el miedo le apuñala el corazón, el silencio tenebroso de la casa y la galera no es habitual. De repente escucha un golpe seco.

Sin pronunciar palabra, Catalina se dirige a la bodega de carbón. Sus ojos se anegan en lágrimas, su piel palidece. Se toca el pecho que le duele intensamente. Su sangre deja de recorrer las venas hinchadas. Empuja la puerta mas no consigue abrirla. Ella sabía cómo entrar cada mañana, esta vez es imposible. Por dentro está bien atrancada. ¡Rápido, Lucas, ven aquí!, apresura a su esposo que se ha retrasado a cerrar el portón. ¿Ya lo viste si ai stá?, pregunta Lucas dirigiéndole una mirada cansada. Intenta ayudarla; sin embargo, sus fuerzas disminuidas no logran tirar las tablas. Últimamente la diabetes le ha consumido la fuerza, la carne, los huesos y la mirada.

Catalina tiene las mejillas mojadas de lágrimas. Lucas hace todo lo posible para ver si Ignacio está dentro de la galera, no alcanza a vislumbrar más que la espesa oscuridad y el silencio profundo que se adueñan de la casa. Ya te volviste loca, no veo a nadie, le responde con certeza a su mujer.

Catalina se desespera al ver que Lucas está cada vez más débil que un tronco podrido, más torpe que un niño. Sale por el portón que su cadavérico marido no había atrancado perfectamente. En la calle, dos borrachos con bolsitas llenas de *pox* tropiezan con ella. La reconocen y la detienen: Señiiiiito, ¡su Ignacio ya es todo un cabrón, si viera cómo bebió con nosotros! ¡Jajajaja! Ríen los dos.

No hace caso de los borrachos, la rabia recorre su sangre. Callada, con lágrimas en su rostro camina sin sentido. Llega a la carretera como si no estuviera en su realidad. Las luces que acaban de encenderse en los postes muestran la vejez de su rostro, su cabellera enmarañada. A lo lejos, aprisa, con una incipiente joroba, Lucas trata de detenerla. Un grupo de muchachas los observan extrañadas; minutos después entran riendo a la cantina. Hasta atrás, Lorena, vestida con una enagua elegante y blusa roja, suelta la última carcajada que alcanza los oídos de Ignacio Ts'unun, quien con los ojos desorbitados aún está anhelante de vida.

The Errant Children

I Know You Hear Me

Darkness has come for you. Above the trees the clouds sit, mist falls in drops like my tears. In my heart the clouds of pain and wickedness you brought grow darker. I've sharpened your machete, it was so difficult, I'd never done it before. You went back to drinking too much, you lost consciousness, you didn't know the hour. Our daughter, however, is sleeping, covered in the wool blanket. Wait a moment, I'll tighten the rope at your feet, just in case you try to stand.

Inside a dismal shack, Pascuala Tsepente' kneels, silently, until she can calm herself, before a wooden cross. What is my sin to deserve this, father? Look at him, how he puts his eyes on me, she exclaims to the christ she has in her hands, recently pulled off the cross in front of Pedro, her husband. Head bowed and eyes closed, she thinks of the suffering of Elena, her voiceless daughter.

As you were the man, I did everything you required. If you wanted pozol, I quickly put my pot on the fire, my bowl in your hands; if you asked to eat, my plates went right on the table, so you could feel like a big man, happy, because your words were of fire.

I know you can hear me—your eyelids may be shut tight, but your ears are open. I never forget anything, you always say, and we'll see if you remember this when you come back to yourself. For now you can't move, can't speak, and that's how I want you. Because you never stop talking: it's because they put electricity in our house. You never shut up, you made everyone angry, even our parents. I agreed and said it was for the best, though I didn't know what it would do for us. I knew we could get by with the light of our candles, that a pair of torches was enough if we went out at night. I never asked who gave you that idea, what you thought it would do to improve our life. I don't know how they charge those posts, those big snakes coming from the forest. They'll change our lives, you said, this will make our children smarter. You managed to convince everyone.

I don't need this light. We could turn it off, it doesn't do me any good. Women are born seeing clearly, then men cloud our view as we grow.

You never understood the punishment we must suffer, the sin for which we pay. We'll talk later, you said, nobody in this life can go without talking. You made a joke about our daughter when you should be listening to her cries, to know what she asks, what her noises mean. She only opens and shuts her lips, grunts, but her language is empty of words.

You want to move, but your efforts are in vain, I have you tied up well, even though you're a strong man.

Pascuala drops the figure of christ, and it falls to the ground among her tears. She hoped that for once he would intervene on behalf of Elena. On the contrary, he will be the one responsible for her acts.

Ignacio still has not prepared his machete and its leather *mecapal* strap like he used to every morning. It's been a week since he did anything to take care of his milpa or chop any wood. His mother has been the only one working. He gets up from his bed to get some coffee and a tortilla from the comal, then he grabs a chair and sits in front of the television. At first he only watches, then he goes to touch it, cleans off the dust, leaving the screen spotless. Don't touch it, Mama, it can break very easily, he repeats each time.

He can barely remember when the electric light first came to his village, about three years ago. Now, after turning seventeen, he has a great interest in what the Mestizos show on the television. He wants to learn the language, the clothes they wear, the whole way of life for the city people. They're intelligent, they have better lives, they don't just eat beans and tortillas like me, he says.

Ignacio takes the remote control and turns the television on. He sits still like a planted rock, his eyes fixed on the screen. He feels a hypnotic attraction, which he imagines lives inside the happy television too.

Hijo, can I bring you more tortillas, more coffee? Nobody answers. Is it long before you go to tend your sheep, Mama? Ignacio says, when he finally opens his lips, without moving.

He notices his mother is no longer in the house. He doesn't know when she left or where she went. He waits a moment to see if she'll return, if he can hear her steps anywhere: she's gone far, he convinces himself. He gets up lazily to secure the door tightly, so nobody could open it, even if they kicked like a hurricane. Before sitting down again, he goes to his bed, lifts up the rags he uses as a pillow, and some discs fall out. He takes one, inserts it into the DVD player, and waits to see the movie begin.

On the screen appear naked women accompanied by a song he's never heard. Ignacio feels the air warming, penetrating his blood, his body like wood catching fire. He presses a button to select a scene. Behind the door appears a young woman dressed elegantly in a skirt and an embroidered blouse. A young man pulls her toward the bed. The two walk silently. He hugs her and tries to kiss her; she resists, breaks free and goes to the bathroom. While she is there, he comes to the recording device, focuses it clearly on the bed, then repositions it carefully on the table to make sure he gets the full scene. She comes out of the bathroom holding her skirt in her hands, and he rushes to grab her. He takes her hands, and the skirt falls to the ground; she stands wearing only the blouse. The young man lays the girl down on the side of the bed. He quickly puts her legs over his shoulders and penetrates her. She has a lost look, as if searching for someone beyond the room. Ignacio presses another button to speed up the video. On the bed now the young man sucks the small breasts. Then he lowers his head between her pale and thick thighs. She moans and speaks unintelligible words.

Ignacio doesn't look away for a moment. Hearing the man's soft grunts, Ignacio imagines he's the one doing it, as if he could go through the crystal screen. He imagines being with other girls, but who? Nobody wants him, those he talks to say he's a loser, lazy, no money, not dressed nice like other guys, with boots, denim pants, patterned shirt, and leather jacket. Ignacio only has two pairs of pants and three worn-out shirts. If I stay here, nothing will change, he says to himself. If I go work in my milpa, I'll die there too, alone.

His right hand holds his erect penis inside his pants. He squeezes it, presses it, then opens his fly to take it out, while on the screen the girl seems disgusted with the young man's in her mouth. Ignacio feels wet where his hands are grabbing, begins to raise and lower the foreskin, slowly and then with great pressure. He gets up from his seat, feels a contraction in his belly button, his hands move faster, his abdomen contracts for the last time, and with a pain that makes him shake, he ejaculates.

On the screen the boy gets up quickly, leaving the girl on the bed, and goes to the bathroom with his semen in his hands. On the side of the bed the girl sits and adjusts her blouse. As she's picking up the slip from the ground, her face freezes as she sees the camera on the table. Stunned, she gets to her feet, seems unsure what to do. Behind her appears the boy, anxious, who moves quickly toward the camera, and the recording is interrupted. The visuals stop, and only music comes from the screen.

My mother hasn't come back; she's gone far away with the sheep, he thinks. With his penis hanging outside his pants he goes to his bed, looks for a rag to clean his hands.

In his imagination the girl from the video appears again. He again pulls and closes the door to his house, then stuffs her mouth with the rag. She is immersed in his skin, becoming his without restrictions. He feels how her heart beats in fear, her blood stops flowing. He touches her skin with his fingers, is lost in her weeping.

Sensing that his mother won't be out much longer, he wraps the discs in the old cloth to hide them. He turns off the TV. He looks for pants and a shirt; he comes back to the discs and puts them and his clothes in a cardboard box he found under his bed. Once and for all, now while my mother is out, she doesn't understand what I'm going to do, he thinks. Not finding anything to tie up the box with, he takes it as it is. He opens the doors and makes sure no one is coming. Slowly he goes out. From the hill, the orange light of the afternoon hurts his eyes. Looking down, he sees that at the foot of the mountains the fog is beginning to dress the earth in white. It'll be drizzly tomorrow, he thinks. He steps onto the patio. The few neighboring houses are silent, just some women appearing with their sheep. Ignacio begins to descend the hillside, following the long path the people use to go down to the pueblo of Mitontic.

The days are coming when you'll take the position of majordomo. It's a stupid idea, it doesn't do us any good, our words carry no weight, and if it weren't for that you wouldn't be falling-down drunk. You walk like an animal looking for food, below and above the view of the *ojov*, among the hands and feet of the demons. It's not the pox that's the problem, it's that you don't know where or when to find the breath of time, the courage of your life's companions, the fury of the gods; you know very well that taking care of our saints is not a joke or a game. Where is the corn that your helpers will cook? Where are the beans for your musicians, your bundles of flowers, and all the people who will come to visit you?

You don't listen to what I say, my words don't matter to you. Yes, I will take care of our saints, you said, I'm ready to occupy this position, I can do it, you insisted to the other majordomos, and they believed you. Ha ha ha! Where is that man? Where is that caretaker and helper? The way you are now, I can't believe it. How can you take care of a saint better than your wife, your daughter?

I know, the other women and the men don't look at me with a good face; they hate me. That woman, she's gone crazy, they say when they see me walking. I'm not one to walk behind you, submissive. I don't follow my parents nor the advice of my elders: that the woman is obedient, that she's less than a man, that the woman should be quiet when he talks. Not anymore. What will you do when you wake up? What will you say when you know? What you will know truly is that you won't dream the same way, you won't think the same way, your blood will harden in your mouth.

A flowery job? Of course, very flowery. Drink liquor, have discussions, but you don't stay like that. It doesn't do us any good when it ends with you dragging me through the dirt, under your flowers and decorations. Then you yell that you're the man, that you give orders with your belt in one hand and a hat full of ribbons in the other. A man with a flowery job but no harmony in his house, even though our words are songs.

The sparks of the fire dance, the flames sing under the night, their heat caressing my cheeks. The fire has a heart, it feels my sorrow; when I poke it, it wakes up a little. I wait by its side. It hears my laments and explanations; sometimes it's quiet, sometimes it shows its fury, but always in its murmuring it comes to dry my tears, companion before dawn and after dusk.

You're moving, Pedro. Listen to the fire, it's got you sweating, you must be having a nightmare. You still can't get up; your body still hasn't recovered the strength since you haven't stopped drinking. You've been lost in alcohol since our daughter was born, because you always wanted a boy. But all that ends today, you've drunk for the last time, felt the liquor that caressed your throat with its flames and swirled your mind.

Wait for me here, think about it well; I'll bring you a little more pox, a gift I prepared for you. I have to hurry so you won't feel any type of bite, nor the machete's blade.

What Ignacio's eyes long to see is cars, large buildings, and girls. His hands yearn to touch them, be close to them. He wishes this life passing by in the little village were not his. Yesterday he saw on television free young couples. He lay awake into the night, the world of dreams eluding him; he imagined himself in that environment, among the multitudes, but different.

His ideas are firmly planted. Now no one can pull out of his head the idea of going to the city. Quickly he remembers that he doesn't have enough money. Although he explains it to his mother, she doesn't agree that he should leave the house, with no one left to be with her. Ignacio is tired of the boring life with his mother. What he wants is to live alone, with no woman giving him orders, especially not his mother. That's why he's left his house and gone down the hill. He sees a girl walking with sheep in a line, black and white. He stops to watch her. For a moment he's not sure if he should keep going or return home. His eyes go to the light skin of her calves below her skirt, then he looks at her face. A frayed rebozo rolls over her shoulder and covers Elena's face up to the nose. Ignacio quickens his pace behind her on the winding, solitary path through the forest.

Elena reaches the corral. The sheep enter with their usual order and tranquility. The girl counts them as they pass: eight big ones, two little. She also passes through the gate to tie the horns of a ram to a thick pole. Behind her the corral door closes unexpectedly.

Once inside, Ignacio drops his box. He looks at Elena with ravenous eyes. His brow wrinkles, his nostrils open and close repeatedly. He breathes strongly, as if suddenly the air doesn't want to enter those two holes that seem like dark, devouring caves. He stands before her, thinks of nothing else. He notes that her body isn't helping her escape, her feet don't respond, they're trembling.

Ignacio's mind and heart do not connect, each one works on its own. He doesn't know where the forceful voice comes from that pushes him to cut into Elena's skin; he sees her step back, but it's only a few paces, she can't get to the corral fence. He secures the gate firmly, then he pounces on Elena and grasps her by the neck. If you scream, I'll kill you! he warns her. Then he smiles—he's just remembered she can't talk. He can't control himself, he obeys only his body, his boiling blood. He feels his skin on fire; embers burn in his head.

Elena breathes in gasps, with fear. Her throat sounds like a broken bugle. She starts to choke. Ignacio throws her to the ground and mounts her, pressing both of her hands against the earth. He watches without feeling as her small, beautiful eyes fill with tears. The sheep are witness to an act they cannot judge. They watch, chewing the cud from the grass they ate earlier. In vain Elena's thin arms search for a way out. She wants to scratch at his face, to tear the skin so he feels the pain that is destroying her body.

Ignacio has seen it on television. The young people in the city kiss, caress each other's bodies, hold hands as they walk down the streets without anyone bothering them, no one reporting it to their parents and saying they have to get married, like in his village. He doesn't care about getting married, or parents, or authorities, or himself; his *ch'ulel* has departed his body.

The forces pushing his bones do not let go of Elena. He puts his hand under her skirt, feels her warm, soft legs until he reaches her thighs. He lifts her skirt and places himself between her legs. He tries to get into her as quickly as possible. He feels the skirt getting in the way, but he doesn't have time to tear it off; with his right hand he gets some saliva and rubs it over Elena's vagina. Elena writhes and babbles, the fear and then the nausea coming out in muffled groans. Ignacio loses himself in the excitement of penetrating a woman for the first time; he thought it would all be easy like he'd seen in the telenovelas, but anxiety begins to overcome him.

He ejaculates immediately. He finishes quickly. There is no reason why. He's covered in sweat; his hands and feet are shaking. It takes some work to get his pants back on, his body like an earthquake that slowly settles down. He recovers the strength in his arms, and his heart starts to calm down. Elena gets up, adjusts her skirt, shakes the sheep excrement off her back. When Ignacio leaves the corral, she does too, and, with rough movements, resets the bar.

Ignacio sits at the side of the path. Elena leaves, her rebozo covering half her face. She feels dirty, pained in body and soul, lacking the power to lift her face, her eyes flooded with tears. Her wounded groans disappear, mixing with the squeaking of sandals. Ignacio sits stunned. Nobody else is near, but a sound is growing, getting closer: steps, spaced apart as if from a large person. Ignacio has just stood up when a dark, dry man, with a load of wood on his back, appears indifferently. Ignacio picks up his box. The man stops to observe him, seeming like he wants to ask what has happened. He turns his gaze to the corral, notes the animals are inside. Then he sees Elena going down the path. Pedro Ton starts walking again to catch up with his daughter. Ignacio feels betrayed. He takes his box and starts going in the same direction. It's too late to run away.

The night's silence penetrates, coming to the edge of the stove, where Pedro Ton has fallen in distress. He's still asleep, a line of saliva running down the corner of his mouth, forming bit by bit a gelatinous mass on the ground. In the wall something scratches, maybe a frightened rat, trying to escape death from some cat. Just hearing, Pedro has no idea where this sound comes from, it's like cobwebs being woven in his ears. Cold is everywhere, cold of hunger, cold of exhaustion. Cold sweat covers him, and he can't stop shaking as cold permeates his body, his bones. He trembles by the stove.

Pedro Ton tries to move himself, tries to yell, feels his useless body, his hands that won't work, his powerless feet. He doesn't know where he is, feels astray in the world, far from the protection of the saint whose service should soon be his responsibility.

Opening his eyes a little, he first sees only the darkness—darkness on his earth, darkness in his soul. Kill that thing making all that noise! My head is pounding, he wants to say, but he can't. There's nobody stronger than he to help him get up, to help him get out the door and find another drink of pox in the house of the former ensign, where he would always drink.

Help me, Pascuala! Come here, my head hurts. Nobody answers, not one message to help him order his thoughts, steady his bones, calm his nerves so he can stand. Why doesn't anyone answer? he asks. His mind starts to boil, fear tightening like a rope, full of heavy words that carry all the weight of silence.

The scratching in the wall begins again. Haven't they killed that thing? My head is ripping open. No one answers. That sound becomes a cry, as a bubbling up of blood. He feels a cutting clarity appearing, which his eyes cannot bear. Slowly his eyelids separate, light comes in and floods his view. He turns his head toward where he remembers his bed should be, where he always sleeps with his wife. He remembers he has a mute daughter, a daughter he didn't want. It would be different if she were a boy, he says. Annoyed, he looks at the altar and doesn't understand why the cross of christ has disappeared.

Over his head something is approaching, growing like a giant creature. He wants to yell to his wife. *Come and help me, come and save me from the hands of death*, he thinks. He remembers he came home late; his wife sat waiting beside the stove, watching a burning ember. He already couldn't hear well. He tried to remember something. This is the last time you have enjoyed the hot, burning taste of your pox. I'm here to take care of you, I won't leave you alone.

The tremors begin in his body, he feels chills entering his bones and reaching his soul. Nothing could stop the shivering. There is no escape. This is not my house. Who is tormenting me? Silence.

A woman rises over the bed; he senses that this is where the noise has been coming from, but he can't verify anything. Where are you? he tries to scream, to insult his wife as he's always done when he's upset, but what grows and hurts is the scream that delves into his head.

He heard well, that babbling from nowhere, not any trapped rat. All he wants to say comes out in groans, in wailing, in the voice of the corn, in the squeal of a pig, of a cat, like the desperate moans of Elena; like the lord of the hills, of the caves; like someone incomplete.

In his mouth he has lost the word, history has stopped, transformed into blood, into muteness, into empty. Now nothing will be the same. Pascuala Tsepente' lies down again, turns off the light, encloses herself in her blanket and embraces her little Elena.

The pain in Pedro Ton's head reaches out unexpectedly to all his body. He manages to notice an empty sheath for his machete on the wall. His eyes slowly close. Now no other noise exists but his own breathing. Pain numbs his memory, the blood in his mouth. He feels his tongue swollen, stiff. Gradually, as silence weaves into the cobwebs of the walls, the heart of Pedro Ton Tsepente' palpitates in the darkness, like the small flame of a coal burning in the stove.

To K'atinbak

Ignacio Ts'unun rises from his bed, takes his machete and its *mecapal* strap from the wall, and tells his mother: I'm going to cut some firewood. She takes no notice of her son's words, as she kneels on the ground in front of the earth, talking alone in front of the flames of the *fogón*. Ignacio leaves the hut with his hair disheveled from sleep; walking through the intense cold of the fog that has settled in the trees, he enters the forest. After walking a long time, he stops at the foot of an oak tree about five meters from the only path. I'll wait for him here, he won't be long, he thinks, and crouches down. He hears someone talking, raises his head to locate the origin and identity of the voice. Pushing some leaves back for a better view, he sees it is Pedro Ton, along with his compadre Salvador. *Once they split up, I'll get to Pedro on the path.* He gets up slowly, firmly gripping the handle of his machete, and advances carefully.

OK, I'll sit here awhile. I'll tell you what happened, nothing more, I'm in a hurry: that day I found my compadre Pedro in the forest collecting dry branches.
    How's it going! I said.
    He raised his head when he heard my greeting. There was something strange on his lips that I didn't understand: they trembled, his face looked fearful, like a deer alert for the sound of a rifle, his head looking side to side. What happened to you? I asked. He didn't answer. Then I said goodbye to go check on my harvest. I hurried down so I'd be able to return early. My wife was waiting at home. How was I supposed to know what would happen? That was a month ago.

The day passed uneventfully while I went with a load of wood on my back out of the forest, a light mist falling. Just as I was starting to climb the hill, I saw another load of wood on the side of the path. I whistled to see if anyone would answer, but no one did.

Someone must be shitting behind the bushes, and you're bothering him, I said to myself. Without losing any more time I continued climbing slowly to my house.

My wife came out to receive me when she heard my wood fall to the ground. That wood is too wet, it won't do any good, she said, with this cold we won't make it to the morning. You should agree not to work on Sundays. If you do, your *ch'ulel* will have to work all the time in *k'atinbak* when you die. And who knows if tomorrow will come clean and bright like other days. Once you've rested, go get some more.

Sometimes I think my wife orders me around too much.

Hunger was eating at my guts. I drank some sour pozol mixed with lukewarm water. A roasted chili from the comal gave it a little more flavor. I won't be late, I told my wife, and left again with my *mecapal* over my shoulder.

I went slowly down the hill, as the path was slippery. In my heart I feared encountering the Xpak'inte'. And can you believe, the pile of wood was still there? Who would leave this? I asked myself. I looked around through the bushes to see if the owner might be resting somewhere nearby—it would be a really long shit by now. No one was around. I started to feel scared. I thought I should warn the authorities.

You remember that agent in the village? Yes, the one we called *loctor* because he was a dentist. With the awful way he mixed Tsotsil and Spanish, no one could understand him. I went to look for him to tell him what I'd found. The owner of that wood could have had an accident or been tricked by the Xpak'inte', which, according to my parents, is a woman who appears in these mountains if someone is passing through drunk, especially when fog is darkening the trees. But if it were her, everyone knows that you can defeat her by planting a machete in the earth, over her footprints.

The agent wouldn't listen to me. He thought I made it up. I'm not lying, that pile's been there a long time, I've passed by it twice, come take a look, something bad has happened, by San Juan it's not a lie. I finished by crossing myself in front of him as a sign of my honesty.

Eventually curiosity won over his heart and mind, and he began to worry. The agent got his "tocadisco" and his horn to give a warning. I stayed with him to await a response.

Ignacio Ts'unun walks with difficulty, the dense, connected branches of the underbrush impeding his advance on Pedro Ton. He draws his machete to open a path, knowing he's short on time. Pedro can hear me; today I have to finish everything. It's going to rain, but that doesn't matter, nothing will stop me, he thinks.

He approaches his prey, leather strap on his shoulder, which he loosens little by little. A few steps away, Pedro Ton Tsepente' stops. He senses someone following him. As he's about to leave the forest, he goes off the path. Before he can turn his head to see who's behind him, a blow on the back of his neck sends him to the ground.

Not ten minutes had passed when my comadre Pascuala came running to the Municipal Agency. We were surprised to see her so agitated, accompanied by her two children. Where did you see the pile of wood? she asked. Down the path there, I answered. A whole lot of words started coming from her mouth, and tears running down her cheeks. Please God don't let it be my husband! He left early, but hasn't come back. Dear God, he hasn't come back, we don't know what could have happened! she repeated.

Who doesn't know Pedro Ton. He has a very beautiful daughter, who unfortunately is mute. We organized to try to find him, in spite of the night starting to cover the hills. Some carried big torches, others flashlights. To my shame, would you believe it? The wood wasn't there. Everyone turned toward me. You tricked us, liar! shouted one former ensign. But then further on the agent found a hat. Nobody said anything when Pascuala confirmed it was Pedro's. We need to split up. We'll find him! the agent proposed. Between the trees the fog was blinding us. We found each other by shouts. Walking through the wet leaves was making us all cold. It seemed the *ojovetik* had come out of the mountains to watch over us.

We were more than twenty people with Pascuala Tsepente'. Every one of us had questions. We wanted to find our compadre, but the night was getting darker and colder, and we were scared. My comadre asked that we search for her husband among the pines, the bushes, behind the stones, all over. We tried, no one can doubt that. Our sandals got drenched in the rotting leaves and twigs. We found nothing. We stopped occasionally to make sure we were all still there. The cold bit into our bones. Some had rubber boots, but I only had sandals. My *chuj* coat got heavier on my shoulders as it absorbed drops from the bushes. My compadre did not appear.

The darkness had taken over everything when we suspended the search and extinguished the torches. It was impossible to continue; we felt the powerlessness in our blood: although we were all there, in reality we were nothing, like creatures in the darkness. We went back to our houses to sleep. In spite of my comadre's cries of desperation, nobody wanted to keep searching.

Ignacio Ts'unun leads Pedro through the forest, pulling him by the neck like a cow to the slaughter. Walk! Don't make my work any harder, he shouts. I'll deal with you, Pedro, do you hear me? Elena won't be my wife, if you were thinking of joining me with her once you noticed she was pregnant. And if you're thinking of killing me, I'll deal with that too.

Pedro Ton Tsepente' longed to free himself from the rope. He couldn't stand how it cut into his neck, the kicks that kept preventing his efforts to save himself. What is my fault before you, my father? How grievous is my suffering for that which is dragging me here? When did I offend your children to deserve this? he lamented in his heart. But he couldn't get free, after recovering his consciousness he recognized the same young man he had encountered near his corral two weeks before.

Please, I don't want my soul to depart, I don't want death; in my house my wife and children are waiting for me, he begs inside himself. If it were another time he would use his powerful voice to complain, to talk with Ignacio and resolve the problem, but not with these beatings that keep him from standing straight, from freely breathing the forest air without worry. How he wishes Ignacio would show him mercy and explain why he is treating him like an animal. But he hears no response from his executioner; for some minutes the silence has come into his mind along with various kicks to the head, the deep emptiness he has felt since the last time he drank pox. Ignacio keeps dragging him to the thickest part of the forest; with each step Pedro Ton gets heavier in the bushes that seem to want to defend him, grab hold of him. Even if I didn't tell you, sooner or later you would know that I raped your daughter, Ignacio says as they advance slowly.

Salvador! Salvador! my wife woke me up. It was Sunday morning. I still hadn't gotten out of bed when the authorities were calling to continue the search. Startled, I got up. Outside, the fog was still thick and cold. On the patio several men were sharpening their machetes.

I hadn't slept well. I kept thinking about where that wood had been. Someone had brought it there; maybe he was watching and hearing us, but where would he have taken it? I kept asking myself. Maybe he wanted to play a trick on us. Or he feared we would find him.

Weariness forces him to stop. Ignacio throws Pedro down at the foot of an oak tree. Now that Pedro is not walking, he wants to scream. Ignacio only hears burbles and grunts. The rope has cut Pedro's skin, beginning to bathe him in blood. He tries to take it off, makes a grand effort to free himself, to die when he's prepared, but one more kick to the stomach makes him double over. Now do you see? You don't deserve this, but you were the only one who saw me. At a bad time you came to the corral where I got your daughter; somehow you showed up, he says softly as he tightens the rope. Pedro struggles, everything goes dark. Pain invades his body. He feels like his eyes are leaving their sockets, his brain filling with water, air, death. His heart slows, every beat further apart.

Ignacio rolls up the rope. He throws it over a high branch of the oak. The rope is a bit too short to tie to the body as he'd imagined. He gives another kick to the stomach until the squirming stops. With giant steps, Ignacio goes back using the same route he had taken a few hours before with his machete when he was beginning his spying. Before arriving at the site of the woodpile, he hears someone whistling as if they're looking for something. Realizing that no one is coming, he approaches carefully to remove the wood without untying it.

We arrived once again at the entrance to the forest. We separated into groups of five. Some went on the only path going down, others toward the top. An hour passed with no result. Nobody encountered any trace leading in any direction. But it occurred to me to look in the same place as the night before. I sensed something was close. We already looked there, Gilberto, the agent's son, reminded me. I ignored him, and the others followed me.

We walked a long time to find him. Instead of continuing uphill, we went down. Until a cry of fear from the agent's son stopped us near an oak tree a few meters beyond where we had passed the night before. The wood had been thrown there, covered by dirt along with a bloody shirt. Immediately my companions yelled and whistled so the others would come see what we had found.

Upon his return Ignacio finds Pedro Ton lying on the ground, immobile. Looking again at the tree, he finds a thick lower branch. He unties his *mecapal* from the wood and attaches it to the rope. Then he tosses it up to the branch, where it fits perfectly. Slowly he raises the body of Pedro Ton. Once it's hanging, he pushes it to see if he will still moan or move any part of his body: he gets no response. Finally, he hears murmurs. He quickly unbuttons the shirt. With the well-sharpened edge of the machete he begins to slice the skin to bring blood. This way they'll think it was several people who hung you. Tomorrow I'll be in a different place. And my mother? I'll tell her that we came to look for you, he adds. He picks up the shirt and covers the wood with it. Ignacio waits until the noises in the forest disappear so he can go down behind the others. He leaves Pedro suspended in the darkness.

To be honest, I can't remember the last time I saw you. You know that there in the community, everyone knows everyone. But I didn't know when you left. Anyway, we didn't have to look much more. Once we saw the wood, we looked up and saw Pedro Ton hanging, with his hands, testicles, and feet tied. For that they had used a *mecapal*. You should have seen him—no shirt, no pants, no life. Naked, he didn't really seem like Pedro: the back, the arms, the thighs all bloody from the cuts. We were all enraged to see it. Green flies were circling around the body without its *ch'ulel*. Chills ran through my blood, my feet and my head. It was almost noon.

My comadre and her children didn't know what to do. Pascuala cried over the death of her husband. My godson Manuel and his sister Elena drowned themselves in tears.

Pedro had gone to k'atinbak. They say that's where our souls go to pay with eternal toil for our earthly sins, where God doesn't help those who died while on the wrong path. But who knows what sin Pedro had been sent with.

The authorities gave the order to bring him down. Why did this happen, señor? Did they kill you for collecting firewood from the forest, in these trees that rule our souls, our blood? What was the motive, who could have done this? babbled Pascuala Tsepente', kneeling in front of her husband's body, just brought down from the tree. She opened her mouth as if she wanted to scream, but nobody heard anything. We all looked at Pedro's neck, burned by the rope. Some petate mats were sent for so we could carry him to his house.

We didn't know what person or group could be the murderers. We couldn't untie the knot of secrets. We buried him with the rope so that we could know who killed him—the murderer will always feel like his feet are tied.

Truly, my friend was humble and respectful. A long time ago his wife cut out his tongue because he was always drunk, but that doesn't matter anymore. Now you know how we found Pedro. How come you say you don't want to visit your mother? She says that you're dead.

Astray

Elena drags herself along the bush-covered path, thick fog penetrating her skin. Her feet are barely able to sustain her up the slippery hill. She urges herself onward, to where Ignacio Ts'unun lives.

So, you know how to cry. But you aren't going to stay here. You wanted it and went looking for it. I don't want to see you anymore; what they say about you, they'll say about me too, since I'm your mother. You know there's no money here, we have no one to help us. The only thing you do is whine. Hurry up and find him instead of wasting your time!

Her face covered in a blue rebozo, Elena cries silently. She knows that seeing Ignacio won't save her from her desperation. She cries not for the trouble of having to see him, but for the shame that fills her with rage. Even so, she can't secure her feet, which are thick with mud. She advances slowly, the heavy fog making it difficult for her to see the ground. How do I show the pain my heart feels, make him understand what he has caused? Her hands search for some support, something to help her with the climb.

After much effort she sees the old adobe house at the top of the hill among a few trees. From the roof a plume of smoke escapes and disappears into the gloomy gray fog.

A watch would tell her it was midday. Then we would be aware of the time. Death could erase Elena's steps, but nobody would know who pulled her into such a destiny. She approaches the door of a hut inhabited by a solitary soul, a woman far away from the village center. Elena stops and tries to unstick her lips. She wants words to sprout from her tongue, but she only hears faltering sounds, a tongue that retreats behind a mouth sealed by fear. She approaches the wooden door and looks through the slits to see if someone's inside. Juana suddenly opens the door, and Elena falls back a step. Her heart jumps desperately, and she feels a soft blow in her gut.

Juana Ts'unun hears Elena's anxious breathing as she stands at her door. What could this girl want? she asks herself. For a moment she thinks it's some creature from the fog. She was praying before the altar when a silhouette appeared behind the plank door, approaching slowly. Now in front of her, she still can't believe that Elena Ton has appeared at her house in this mysterious form.

Her eyes are swollen from crying and guilt. Elena is afraid she'll be run down like a dog who tries to steal. She opens her mouth and her words become shadows of fear. She takes her hands out from behind her rebozo. She tries to speak with them to Juana Ts'unun, but her movements aren't known to this lady; she hides her hands again. Juana doesn't know what to do or say to Elena. She sees her red eyes, the tears on her cheeks disappearing into the rebozo. Juana Ts'unun has a tired face, her graying hair mixing with the color of the fog. Now that this girl is in front of her, she can't help but see her fear. The sad and silent image of Elena grabs hold of her compassionate mind.

What are you saying, what is it that you want? I don't know what to tell you. If you could at least say something, two or three words, it wouldn't matter, says Juana Ts'unun in her heart.

Immobile as a barren tree and of lowly stature, Elena remains standing, looking for a way out where no one can detain her, to escape without Juana knowing. More than four months have passed since Ignacio raped her, although for her time does not pass. The blow she received a moment ago from her mother still burns on her face. *I want to see Ignacio, where is he?* She takes her hands once more from her bosom, they don't help her communicate, their movement has no meaning.

I don't understand you, stop crying, tell me something, don't look at me like that. What have you done? You're trembling! Elena's gaze penetrates like a bite. Don't do this to me, say something, Juana pleads, without receiving a response. All she accomplishes is to provoke more tears down Elena's wet face. *Where is Ignacio? He got me pregnant*, she thinks, but the words stay stuck on her tongue, like always. Only now they turn into sobs. She realizes that Ignacio is not in the house, and will never more return. She doesn't know where he went. *I should never have been born, to be a woman bearing more than I can handle with this shame.* Without raising her eyes, she runs off, toward the open mouth of the forest, along a trail no one uses, with only her silent steps bringing it life. Her hands break through the fog woven among the leaves and branches.

Birds sing in the misty trees. She walks. She doesn't know where the new route will take her, she ventures forth into panic.

Her heart beats quickly, her breathing unsteady; she inhales more air to try to calm herself, but all is fear. She hears her mother's voice searching for her, and it feels like another blow to her gut. She had wanted to hide her pregnancy, but her mother noticed. Not knowing where to go, she can barely see the trees, forming lines as if trying to corral her, engulf her.

How she had wanted to tell her mother that she didn't do it on purpose. Sixteen years old, poorly dressed in her rebozo, faded blouse, and torn skirt that she herself had woven, growing in spite of her parents' poverty, the indifference of her brother who never loved her, with no one to defend her from Ignacio Ts'unun. *Not enough that he raped me*, she thinks, *it was he who killed my father. I hope when he dies he feels the same pain, that his body and soul never cease suffering.*

It's not a lie. I thought you just had a bad appetite, that not liking the food was making you throw up. What will we do with this thing you have in your belly? Not much choice: you have about four more months. Who was it? You know who you opened your legs for, go find him so he'll take care of you. If your papa were alive he'd kill you, she remembers her mother's words.

She feels the creatures of the mountain pursuing her. They've almost got her. *He'd kill you.* Someone, lurking in the fog, is watching her. Her mother's voice hardens her mind.

Still she walks, her feet sinking in the dense leaves and other decaying vermin that falls from the trees. She wants to get out; her strange, growing belly disturbs her. Someone shouts at her back; she quickly turns to see him. She can't distinguish anything through the fog. Fear overpowers her mind and heart. Turning around again, a forceful blow to the back of her neck makes her fall, and a kick strikes her in the gut.

She breathes with difficulty. Don't let me suffer like this, let your heart have pity on me, she implores inside herself, as tears roll down her cheeks. A cold and heavy force crushes her feet, her hands, her whole body. The air she breathes scrapes her nose. She tries to get up. Her skirt and her knees are covered with blood. She is on her knees, her face muddy. A breath emerges from her mouth and promptly disappears in the gloom. If I don't breathe, neither does that which I have inside, she speculates. His force was stronger than mine, in the corral he grabbed me and got on top of me over the sheep shit, pulled down my skirt and pressed me under his thighs, spread my legs in the afternoon silence. Now look where we are; will I hear you when you stop breathing? No one cares about you. He is not here. Hopefully the worms eat him sooner than us. I can't do anymore, you've stopped moving. Elena trembles, the fog clouds her eyes, and dries up her lips, she longs to scream, kneeling in the stomach of the mountain.

Slowly she slumps onto the earth. Some cold hands choke her, freeze the blood that's spilled onto the soil; she lies on the ground. She curls up with her knees bent and her hands over her stomach. Her heart has stopped talking; like a newborn she shrinks into the arms of her mother. She feels another movement inside her swollen belly, a soft caress that wants to wake her. A last breath escapes from her mouth.

The Errant Children

Lorenza starts to open her eyes and feels an immense pain, as if the night had fallen on her; a rotting smell forces her to plug her nose with her fingers. She arranges herself quickly and puts on her skirt, tying it with a narrow red sash.

Before washing her face she runs her fingers through her long, rich hair. Lorenza is surprised to feel it so short. And my hair? What happened to my hair? Why is it so short? she exclaims. Her hands don't find the long tresses she was used to combing, that hung to her waist. Where is my hair? she asks Manuel, who remains lying on the ground, immersed in a deep sleep. The night before, Lorenza went to sleep sometime after twelve, and she didn't know when Manuel got home.

Manuel, what's happened to me? Tell me what you did. Her questions vanish in the air, in the soft darkness of dawn. If his father were still alive, they would be in the mountains collecting firewood by now. Living on his own, no one had made him get up so early, especially not his wife demanding to know what happened to her hair. She nudges him in vain trying to wake him.

Desperate, Lorenza lifts up the blankets on the floor to see if the hair is beneath them. She finds nothing, not a single strand to give her a clue. She remains distracted a moment until noticing a package giving off a smell of Resistol 5000. Her concern over her hair shakes her from her self-absorption. But what have you done to me? The questions in Lorenza's mind won't stop. Her eyes and her trembling hands search all around. Who's done this to me? My God, what's happened? The men will think I've become one of those girls who works in the cantinas in the pueblo, she worries. Manuel turns to pull over the covers. He doesn't think about getting up, although outside the sun is not slow to rise behind the hills.

Lorenza's crying disturbs Pascuala Tsepente', who finishes storing tortillas in her bowl. She hangs her comal on a nail in the wooden wall, leaves her house, and heads to her son's. She sees through the slits her frantic daughter-in-law sifting through the things on the ground. Lorenza bends down to nudge Manuel, and although she manages to make him feel it, his harsh look frightens her and she falls back. What do you want, *pinche* Lorenza? Shut up and go back to sleep. Manuel's words become thistle thorns that scratch Pascuala's ears. Tell me what you did to my hair, Lorenza asks again, her lip quivering. Manuel angrily rises; after putting on his pants, he reaches for his new huaraches with the smell of rotten meat. He puts them on and approaches Lorenza, who tries to open the door to get away. You see? This is what you get for being a *pendeja*, now stop fucking with me. At her young age, no one had ever called her a *pendeja* before, but since Manuel came back from Jobel his words have become pointed, the kind that wound the hearts of those who hear.

Pascuala sees a machete without its sheath on the patio. She takes it by the handle and carries it to the wall to hide it in the woodpile, hoping to prevent any catastrophe. When it comes down to it, she fears her son more than a thief. He has turned violent without caring who sees; in the past he was passive, obedient, and respectful, like someone with a complete soul. Then, more confused, she picks up a pair of blouses and recognizes them as belonging to her daughter-in-law. She drops them and peers through the cracks of her son's walls to hear his tirade.

A moment later, under the same garments that she had noticed before, she finds a big pile of hair. She tries to pick it up, but it's in shreds. Let go of me, Manuel! Why are you so angry? Lorenza complains from inside the house. Pascuala tries desperately to open the door, but can't do it. Calm down, children, don't fight, she begs from outside. After a short lapse of silence, the insults continue.

I told you I was going to cut those braids! Don't you understand? You're prettier this way! Manuel's shouts sail right through the cracks. Pascuala nervously pushes at the planks. The banging of pewter pots makes her heart despair. She can see that her son is pressing his wife's neck up against the wall. Lorenza, her face gentle and frightened, tries to free herself from his hands, but she lacks the strength. The air isn't getting through her throat. She flails her hands, the powerlessness in her almond eyes grows to the point of exploding in tears.

Pascuala pulls her head away from the planks. She remembers her bloody husband when they killed him. The hates grow in her heart. Her deceased husband: his blood absorbed by the earth. *They killed your husband. They found him hanging from a tree with his skin sliced.* The memory shrinks her heart. I told you to paint your mouth like the girls in Jobel, and you haven't done it, to wear a short dress to please me. You have to obey me, *puta* Lorenza! Manuel continues raging at his partner, enclosed with her in the little house.

Pascuala runs as fast as she can to her hut. She arrives at the altar and kneels. Fixing her eyes on the upside-down cross, she blows out the only candle. With her rough hands she sets the cross aright. Why do I keep praying if it gets me nothing? Everything has gone bad for me, she states. The images and lamentations are mixed up in her mind and her heart:

We had to visit Dominga Me' Tuluk' several times. She warned us. That our baby was coming seated, and it was dangerous. We presented various baskets of eggs, bread, and drinks so that she would see us. She spent more time pressing my belly with her cold, dry hands than it did for him to get seated again.

We shouldn't cry, Manuel is still our son. No matter what, we've spent much, and nothing has cured him. He's disturbed, Dominga told us. With that, she told us it would be a boy. Then he was born one night, after we took a temazcal bath. The pain didn't last more than an hour, he was in such a hurry to get out and feel the air. Pedro went and got drunk for a whole week from pure happiness; he spent the whole week away from home. Elena, Manuel's older sister, was three and still hadn't talked. We kept hoping she would learn to use words, until with Manuel, at the end of one year, the words came to his mouth, and he was soon asking for the *chichi* to eat; I breastfed him until he turned five and we understood that Elena would never speak.

That's how it was. Our Manuel grew at his father's side, working together in the milpa. And when Pedro disappeared, we went looking for him until they found him hanging from a tree. Since then we couldn't understand what had happened to our family. Our children stayed fatherless. Little by little the worries mounted up until one afternoon he said he already knew how to work, that he was ready to live with his own family. Then we went with him to ask for his woman.

Lorenza and our son are the same age. The only difference was that she had gone to school. He knew that he had to work in order to eat, as his father had taught him. That's why he wanted a wife. Lorenza had no other choice than our son, to live with him and eat what they could produce. But fifteen days later Manuel had to go to Jobel to get a better job; he had to pay back what he had borrowed for the presents he gave his in-laws. Being a peon doesn't let you save any money, he said. They were only together two weeks, and then it was Lorenza and I.

We lived that way for half a year, until his uncle Juan brought him back a dying man, as if he were a watery dough. We couldn't stand his putrid smell, his bones like an old man's, it was a miracle that he kept on living. We called an *ilol* to cure him of his horror, of the evil airs and evil words of the *kaxlanetik*, because his thoughts were no longer the same, his breathing was agitated, as if he wanted more than air. His eyes were red, and at times he babbled like a rabid dog. That gave us great fear. Sacred father, sacred lord, take up your son, take up your flower, who did wrong before your eyes, who found trouble under your feet . . . to our son whose heart they changed, to our son whose vision they changed. And now we see, the prayers and candles haven't worked for him. He still doesn't believe in those things of God; he says God doesn't exist. He needs that rotten, sticky smell that wounds the soul. That is where his injury lies.

Pascuala leaves her hut again, with her hair tangled and her cheeks damp. She dries her tears with the palms of her hands. The door is still closed, she sees wood thrown around, just where she'd left the machete; fearfully, she looks for and doesn't find it. She hears the screams of her daughter-in-law: How do you want me to take off my skirt, it's the only one I have? Pascuala's ears open wide. They'll think I'm a crazy woman if they see me with a red mouth. Do you want them to think I'm one of those women who sell themselves? Lorenza says. The word is whore, Manuel responds with fury, and they're prettier than you. Pascuala's blood starts to burn, like a snake of fire has crawled into her head. Her heart vibrates, a great drum announcing fear and rage, a sound grave and rapid that goes to her feet. In Jobel they made him sick, she hears inside herself. They have killed him to us. Her son's hands have hold of the machete, he raises it to the level of his wife's stomach.

Burning voices escape through the cracks of the door. *They have killed him to us.* Pascuala approaches the door; her daughter-in-law comes running out and crashes into her. They fall to the ground, Lorenza hitting her nose on a block of firewood. Blood flows dark and uncontainable. Manuel comes after her, brandishing the machete; without thinking, he beats her repeatedly on the stomach and head. She cries, stammering, stop hitting me—what have I done to you? I told you to dress like the girls in Jobel, I want to see you like a *puta*! he yells in front of Pascuala, who has gotten up. When he sees his mother approaching, Manuel flashes his burning, wretched look in her direction. Face to face, Manuel is smaller and scrawnier than his mother. It's your fault they killed my father, and my sister was a *puta* who died in the forest, he exclaims with fiery words that reach the neighbors witnessing the scene.

Pascuala falls to the ground again. *Our husband and our daughter were murdered*, a voice keeps sawing through her mind. *And now Manuel is no longer our child, they have changed his heart. Now he has no* ch'ulel. A ripping sound floods her memory.

Manuel takes his woman by the neck and drops the machete; with his right hand, he punches her stomach. Pascuala yells at her son to let go of Lorenza. Don't hit her again! You know very well that she's pregnant, you are not a murderer, where is your *ch'ulel* that you act this way? Pascuala's breaking voice is lost among her children. Her eyes fill not just with tears, but with fear. Manuel has no ears for his mother.

Then you're selling your ass, that kid's not mine. I just get back and you're already pregnant? interrupts Manuel, crazed. He holds her by the head, her own blood staining her face. Pascuala takes hold of her son's arms when she sees him pick up the machete again and point it at Lorenza's stomach. Pascuala is able to get it away from him, but she feels her hands act under a will not her own. The time is not sufficient for her to think of how to stop Manuel, who is trying to snatch the machete back. Infuriated, Pascuala raises it to try to hide it again, but once in the air, with her two hands tightly gripping the handle, it comes down on the head of her son. Ah! he exclaims when his skull splits and he collapses on the ground, mouth open. From his head blood gushes forth like a spring. Lorenza wails loudly, her cries going out among the crowd.

Pascuala cannot find her own *ch'ulel*, fixing her eyes on her son expiring on the ground. Without realizing, she throws the machete down beside Manuel and runs off wildly, her hair a mess, her blouse undone, her face drained like the face of a woman who's just given birth. She goes to her altar and takes hold of the cross. We have killed our last child, we've killed him, the voice swirls in her mind. Now stop talking to me, leave me alone! she scolds bewildered and falls to her knees beside the stove, crying.

Her face grows more severe toward the cross gripped in her hands. Is this what you wanted, my lord: to leave me alone, without your children, without my children? she questions. Nobody takes note of her lamentations, the people gather around to see the undone skull of Manuel Ton, bathed in warm blood. You have never served me! Who are you trying to cheat! she repeats furiously to the cross and then throws it into the fire. Pascuala smiles despairingly to see how the flames grow among the embers; she laughs chokingly before a pack of shadows that lie in wait as her view withers in front of the fiery flames, flames that scorch with a slow complicity the substance and the essence of the cross until leaving it in ashes.

Song of the Dead

Lucas and Catalina Ts'unun walk toward the main door of a wooden house. Dirty, hungry dogs guard the winding streets of the Primo de Enero neighborhood, sprawling in front of the walls of the houses. In contrast, Lucas and his wife's house is the only one that lacks a watchdog, despite the drunks that come out of La Tejana cantina.

Hurry up, *viejo*, I opened the door, don't just sit there slobbering, exclaims Catalina Ts'unun to her husband, provoking curiosity from the girls in embroidered blouses and elegant skirts at the entrance to the bar. Lucas comes forward hesitatingly to open the outside gate. Just as he's raising his hands to remove the bar, he stops and shakes his head. Open it already! So Ignacio won't be late with his girlfriend. Didn't you hear what he said yesterday, that he was bringing her to live with us? So hurry! Catalina raises her voice again, exasperated. I think they've been here already, that he left the doors open, look. Lucas's rough voice is barely audible. Incredulous, she stands watching her husband. Finally the two enter with curiosity. Ignacio's drinking again, thinks Catalina as she passes through, worried; since he came to live with them she's loved him like the son she never had, that with Lucas, her second husband, she was never able to conceive.

His aunt and uncle always barred the gate with a small stick, but for Ignacio a firm kick was enough to get in without any problem. He'd made his way shakily to a small, red room where they stored charcoal. Once inside, he shut the door tightly. Outside, the afternoon heat spread over the skin of people walking by.

He found a dry piece of wood, part of a tree trunk someone had cut, and sat on it to try and meditate over what he had seen in the cantina. What more can I do here? I'm an obstacle, a dog nobody wants, he said in his heart. In a corner he saw some empty sacks. He still hadn't found any solution. I'll kill myself, he thought. He tried to stand, but his feet could barely support him. He went to untie the rope that sealed one of the sacks. He tested its resistance by pulling on each end. A smile crossed his lips, at the same time as tears rolled down his cheeks.

He turned his gaze toward the roof to find where to tie the rope. He chose a beam and tried to reach it, but his short stature impeded him. Without thinking twice, he returned for the piece of wood.

He tied the rope, and upon pulling it found that it was too short. He went to the sacks again, but before he got there he took from his pants pocket a Coca-Cola bottle full of pox. He opened it and tipped it up to placate his great thirst for liquor. His face wrinkled as he felt the burning in his throat. Then he wiped the corners of his lips with the sleeve of his jacket.

He found a longer rope in another bag. He joined the ends and it seemed sufficient, and so he prepared the noose. Nobody matters to us now, he said. After everything, it's like we no longer have a mother; and Elena doesn't know about us, now it's nine months since we left them, nine months, just the time it would take for a child to be born. He grabbed the rope and tried to swing. He heard on the roof a light rain falling, and soon his heart began to recover its own voice. Hurry, Ignacio! This has to be done quickly, it told him. Now you have everything ready, all that's left is to climb up on the wood and hang yourself. Nobody loves you, this is not your land, this is not your water. Ignacio felt like crying, like when he went to the mountains with his father, who made him carry a bundle of wood; if he cried, his father quieted him with a dozen lashes.

Nine months ago his mother and Elena were still in Chicumtantic. Ignacio never wanted to remember them. Every time he did, he felt a great longing to go back and tread on the earth of his natural place, smell the air of the mountains. At the same time he couldn't avoid the memory of Pedro Ton; he was always running into him in the fog. He preferred to remember neither his mother nor the misty land.

Now you have no mother, insisted his tormenting heart. Ignacio set the wood in place. His lips craved another drink of pox. He emptied the bottle and tossed it away.

Lucas never knew why Ignacio came to his house with just one cardboard box, nothing more than a change of clothes. He showed up soaked. The box was on the verge of coming apart in his hands, under the cold, unending rain, as it always was in Jobel. They gave him a square, wooden shack with a roof of cardboard in a neighborhood where the Indigenous lived.

The next day he began to work, as an apprentice in his uncle Lucas's carpentry shop, where he lasted a few months. He began to disappear; at night he'd come home drunk, wanting to fight anything that got in his way. He fled from all he had done, as if nothing could now pacify his heart, since the day he left Pedro Ton hanging from an oak tree, covered in fog.

Elena Ton knew one day that Ignacio had left the village after they found her father dead in the mountains, but her muteness kept her from informing on him. It is well said that the mute can see the serpents' feet because they can't say anything about it. She was sure Ignacio would return one day; there is no running away from one's birthplace, and also he'd have to come back when he died.

Two months ago Ignacio met Lorena at the market; she was selling empanadas with her fat aunt. Lorena looked very beautiful with her red lips and dyed blonde hair. Ignacio couldn't forget her smile, nor that short denim skirt that showed her white legs. He began to frequent her place every afternoon to observe her from afar; then she appeared in his dreams, hugging him, kissing him like in the telenovelas his mother had watched every afternoon. He wanted to marry her. But he didn't know how to communicate his feelings. He felt ashamed and afraid.

Ignacio turned his back on his mother, on the land where he first saw trees and colorful lizards, whose tails he liked to cut off. Mama, I want to go to Jobel, I want to learn the intelligence of the *kaxlanetik*, to get a lot of money and marry a white woman, he told his mother; she contradicted him: I don't want you to go live in Jobel, the city girls are loafers, they spend their time painting their faces and fingernails, they're not willing to sit in the house and make tortillas, much less soak up the smoke that's our smell. Look at them on the television—do they ever have a cooking *fogón* like ours? All they know how to do is walk the streets and throw their money away on trash; and also, they won't love you, *hijo*, do you understand that? The *kaxlanetik* hate us Chamulas. Wouldn't you like Rosa to be your wife?

Juana Ts'unun did not understand what Ignacio was dreaming. For Juana the television showed everything up close and real; the food, the clothes, the way of life for other people. She didn't understand the Spanish, but she took note of the women of the city: the television showed her other beings, other worlds.

My mother doesn't know what she's saying, thought Ignacio, and furthermore, we don't have enough land to plant a milpa; who lives off a milpa these days? Everyone has to go far away to find work. When they come back they're more respected with their new, fine clothes.

Now Ignacio climbs onto the wood with much more difficulty, and he opens the noose. Lorena is a *puta*, she laughed at me, he murmurs. His grandparents told him that women of the city live like dogs, leaving their husbands when the mood strikes them and going off with another. Ignacio didn't believe it. What do they know? he asked himself. He couldn't erase Lorena from his mind once he'd met her.

It all started the night before, when he was drinking in the cantina with his friends. He spent what little money he had. The loud music made him feel like singing. He invited a woman in a white huipil full of embroidering over her chest to sit on his lap, and he started to touch her breasts. The rank smell of the place didn't bother him, nor the thought that whores have had countless men before. The women of my village don't want to kiss, they don't paint their lips, he said to the girl as he stuck his hand under her skirt without getting any protest. Feeling her warm thighs he thought again of Elena Ton, when he opened her legs in the sheep corral. She had tried to get away, but he pinned her down. Putting his hand under her discolored skirt, he had found that she wore no underwear, just like the girl sitting on his knees. One of his companions pulled him out of his memories when he said, *Chinga tu madre! puto* Ignacio, isn't that your fiancée that you've told us so much about? That she is *reeeally* good? and he let go a laugh. Ignacio turned around. He realized, behind his back, Lorena was in the arms of another man. He rushed out of the tavern with his blood boiling, not knowing what to do. The man was bigger than he, a *kaxlan* with nice boots and a black hat. Did you really think she was going to marry you, Nachito? his companions said, their cackling laughter not stopping.

The houses were wrapped in the poverty of the streets, not a soul appeared at that hour of the night. The cantina was the only establishment that stayed open. The girls began to leave with the unknowns who offered them bills and a place to spend the night. *Pinche* Indian, Chamula! Ignacio's heart blared, maybe your mother was right? To Lorena he had said, once he'd begun to lose his fear, that he was from Jobel and had no connection to the people of the communities. He was not an Indian.

He didn't want to go straight back to his house; he looked for a place to buy pox on the way. It tasted better than beer. It was like swallowing a piece of fire to heat up his stomach and wake up his *ch'ulel*. The idea of killing himself came to him as he passed an uninhabited house where, ten years earlier, a cousin of his had died by hanging inside his room after celebrating with his wife his return from the United States. It wasn't worth the trouble to go on living; in this wretched slum he had seen it all. He wandered under the cloudy night with a divided heart.

A pounding on the gate of his hut brings him out of his self-involvement. Inside the shed the darkness is being born. Into Ignacio's mind comes the memory of what he did to the mute man. He always dreamed that with Lorena he would stop feeling tied to his past. For as much as he tried to untie his feet, an invisible cord continued restraining them.

He tries to stand up and a powerful dizziness assaults his head; the shrill voice of his aunt comes to him. No, they still haven't gotten here, he mutters with a sleepy tongue. He looks out through a crack and is surprised to find it seems not to be raining. A sigh claims his heart. He closes his eyes for a moment and falls to the ground with his mouth facing up. He tries to get up and move the trunk closer, under the rope. He wants to forget he's a Chamula. When he came to Jobel, it wasn't the world he had expected. The Mestizos wouldn't give him work, they always asked for his papers, they laughed at him; the only one he carried was his birth certificate. He looked all over for a job that would pay a lot of money, but they all rejected him. He began to feel like a foreigner, he couldn't achieve his dreams, he took refuge in the alcohol, the unexpected solution that helped him forget he was nobody.

His aunt and uncle approach. Ignacio passes his hand through the rope and adjusts it around his neck. Now all that's left is to knock away the wood. He remembers about the river that souls must cross. A deep river. Death is separated from life only by a mighty river, his grandfather said; we cannot cross it, a black dog comes to carry us. For the *kaxlanetik*, it's a white dog that saves them. That woman never believed in you, interrupts his heart, cautioning him. He senses his aunt and uncle getting ever nearer, hears the shaken voice of his aunt. He repents. Catalina is coming toward the shed; he had never liked hearing her cry and now even less. He tries to untie the noose around his neck. Elena Ton will have my child and my mother waits for me with cold pozol, thinks Ignacio. He feels like seeing his mother, longs to see her. I'm not an idiot, he convinces himself. He hasn't finished undoing the knot of the rope when the wood tilts over, his trembling feet lose control, and he slips.

The rope feels like it's breaking in his throat, while he struggles, and his skin bleeds. Someone is pulling at his feet like in his dreams, his body feels very heavy. Blood is injected into his eyes. He moves his hands all around, anxious for life, for light, but still, everything gets darker. An infinite sound bursts into his ears. Now he doesn't hear his heart. Now nobody talks. He doesn't know if what he hears is the song of the dead played on harp and guitar, soft music, monotonous and infinite as it rises in the air and guides the soul. It hurts, death, Ignacio alone with his death.

His heart takes its leave, his soul separates from his body to roam all the paths it had once seen, recover that which came from the body—hairs, fingernails, burnt clothes, smells, and sweat—to prepare for the final journey to k'atinbak to work forever to pay for his blame.

Outside a dismal reddish light tints the horizon of Jobel. Behind Ignacio's aunt and uncle a thick cold follows. Catalina observes the closed shed; as the mournful evening stretches out over the hills of Moxvikil, her mind is overcome. A freezing chill grips her bones, fear stabs her heart. The gloomy silences of the house and the shed are not normal. Suddenly she hears a dry thud.

Without pronouncing a word, Catalina goes directly to the coal shed. Her eyes fill with tears, her face goes pale. She touches the chest that is causing her such pain. Blood ceases flowing through her swollen veins. She pulls at the door, but can't open it. She could do it every other time, but now it's impossible. It's bolted from behind. Hurry, Lucas, come here, she urges her husband who had stayed behind to shut the gate. Did ya see if he's there? Lucas asks with a tired look. He tries to help her; still, his diminished strength is not enough to move the boards. Lately the diabetes has consumed Lucas's strength, flesh, bones, and expression.

Catalina's cheeks are wet with tears. Lucas does everything he can to see if Ignacio is inside the shed, but he can't discern any more than the dark space and deep silence that has taken over the house. You're going crazy, I don't see anyone, he responds to his wife with certainty.

Catalina despairs, seeing that Lucas is weak as a dry leaf, more awkward than a little child. She goes out through the gate that her cadaverous husband couldn't bolt correctly. In the street two drunks with little bags of pox stumble toward her. They recognize her and stop her: Señiiiiita, your Ignacio is just a *cabrón*, if you saw how he drank with us! Ha ha ha ha! they both laugh.

She doesn't want to deal with the drunks; her blood runs with fury. Quietly, with tears on her face, she walks without thinking. She arrives at the highway, as if she's outside of reality. The lights just starting to shine on the posts show the age on her face, her tangled hair. From a distance, hurriedly, his growing hump showing, Lucas tries to stop her. A group of girls observes them amazed; then minutes later they go laughing into the cantina. From behind, Lorena, dressed in an elegant skirt and a red blouse, releases the last laugh that reaches the ears of Ignacio Ts'unun, who, with his eyes wild and open, is still longing for life.

Afterword

The Function of Racism in Colonialized Spaces

ARTURO ARIAS

When I first met Sean Sell, he had already finished his translation of Mikel Ruiz's first novel, *Ch'ayemal nich'nabiletik / Los hijos errantes / The Errant Children* (2014). He sought me out when he found I had changed institutions, moving from the University of Texas at Austin to the University of California, Merced. Then completing his PhD at the University of California, Davis, 127 miles further to the north from my new institution, Sean wanted to explore with me what the new Maya Literary Renaissance—as Jakalteko Maya author Victor Montejo had named it—was all about. He was already an established translator, and had dedicated himself to learning Maya Tsotsil, one of the thirty surviving languages of the Maya linguistic family in the city of Jobel, known to Mestizo Mexicans as San Cristóbal de las Casas, in the state of Chiapas. I immediately connected with Sean's interests, demeanor, and efforts to convey these literary works to an English audience, beginning with the anthology he prepared with Maya Tsotsil author Nicolás Huet Bautista, one of the most respected and knowledgeable leaders of this new, revolutionary movement that has been transforming what used to be known as "Latin American literature" into Abiayala's literatures.

Maya Tsotsil writer and scholar Mikel Ruiz was born in Chicumtantic, Chiapas, Mexico, in 1985. He obtained a BA at the Chiapas National Autonomous University. Ruiz formed part of the 2007 literary workshop organized by the Centro Estatal de Lenguas, Arte y Literatura Indígenas (CELALI; State Center for Indigenous Languages, Art, and Literature). CELALI is the legacy of the effort of members of the Unidad de Escritores Mayas-Zoques (UNEMAZ; Union of Maya and Zoque Writers), created in September 1991. Previous organizations in which Chiapanecan Maya writers had participated, such as "Albarrada," the Chiapanecan Institute of Culture, the Instituto Nacional Indigenista (INI; Indigenous National Institute) San Cristóbal chapter, and Sna Jtz'ibajom (The Writers' House; an independent group of writers, playwrights, and actors) all helped in configuring UNEMAZ. This was the first-ever Indigenous writers' organization in Mesoamerica.

On January 1, 1994, most members of UNEMAZ, despite working in state institutions, declared themselves sympathizers of the Zapatista uprising.[1] Members of UNEMAZ were later invited to participate in the dialogue between the Zapatistas and Mexico's federal government that took place in San Andrés Larráinzar. Both contending sides had previously agreed that they could invite people to the negotiations about to take place. Pérez López claims that UNEMAZ members had worked out very few demands to take to the San Andrés meeting. One, however, was the dire need to create a center for Indigenous languages and their literary production.[2] Much to their surprise, both sides agreed to their demand. Tseltal cultural organizer Jmaltin Kontsal K'aal adds:

> El 16 de febrero de 1996, los representantes del gobierno Federal y del EZLN firmaron los primeros acuerdos

de paz, y mencionaron en uno de ellos, lo siguiente: "... El gobierno del Estado de Chiapas creará en el corto plazo, un Centro Estatal de Lenguas, Arte y Literatura Indígenas." Atendiendo a esta demanda, el gobierno del estado de Chiapas crea el CELALI (1997).[3]

On February 16, 1996, representatives of the federal government and of the EZLN signed the first peace accords, and mentioned in one of them the following: "... The government of the State of Chiapas will create in the short term a state center for Indigenous languages, art, and literature." As a response to this agreement, the state government of Chiapas created the CELALI (1997).

For Kontsal K'aal, the creation of CELALI fortified the productivity of the association's members and fomented writing in Indigenous languages in many communities, especially among young people. Enrique Pérez López, CELALI's director, shares this vision. He was one of the negotiators with the state authorities. Pérez López states that it took UNEMAZ members over a year to convince the state that this institution had to be directed by Indigenous peoples and that they also had to be able to control the budget. It took the state a long time to accept these demands, and then only did so with great reluctance.[4] In typical racist fashion, the state claimed that Indigenous peoples had never handled a budget of that size and would only waste the funds granted them if there was no Ladino supervision of them. CELALI emerged from the February 16, 1996, peace accords as the most important cultural institution ever created in the state of Chiapas on behalf of its Indigenous populations.

Mikel Ruiz was still a child when CELALI was founded. By the time he entered the institution, he had the luxury of being able to study with trained, established writers, such as Nicolás Huet

Bautista, also a Maya Tsotsil. Huet Bautista is from Huixtán and has been one of CELALI's coordinators since 2000. While at the center, Ruiz wrote *Ch'ayemal nich'nabiletik / Los hijos errantes / The Errant Children*, the novel presently translated to English by Sean Sell. Ruiz belongs to the first generation of writers who were able to benefit from studying at those institutions resulting from the Zapatista uprising, often with scholarships that the Mexican federal government and the State of Chiapas poured on Indigenous writers and intellectuals as a developmentalist strategy to neutralize the radical impact of Zapatismo.

After completing his workshop at CELALI, Mikel Ruiz won a scholarship from the Program of Post-graduate Scholarships for Indigenous Subjects (PROBEPI) to study for an MA at the Universidad Austral de Chile, a Mapuche-centered institution. He finished his degree in 2015 with a master's thesis titled *El* Lekil kuxlejal *(buen vivir) y la heterogeneidad literaria: Dos categorías para leer el cuento maya tsotsil 'La última muerte' de Nicolás Huet Bautista* (The *Lekil kuxlejal* [good living] and literary heterogeneity: two categories for reading the short story 'The Last Death' by Tsotsil Maya Nicolás Huet Bautista). This is the first theoretical reflection elaborated by a Mexican Indigenous subject to critique a piece of literature written in a non-Western language. Ruiz enunciates a new way of displaying critical knowledges that articulates an Indigenous decolonial perspective by both the critical subject's agency and by his deployment of Maya categories of analysis.

Ruiz positions the originary violence of colonialism as a conceptual usurpation of Maya knowledges and proceeds to disarticulate this positionality. His writing invites the realization that this knowledge never disappeared. It still haunts Chiapanecan Mayas and Zoques as its primary and most intimate possibility. Ruiz launches a reversal of power that opens the critical field by elaborating his analysis from within the system of Maya values. He articulates the categories of *Lekil kuxlejal* (good living) posited by Maya Tsotsil anthropologist Miguel Sánchez Álvarez in *Territorio y culturas en Huixtán, Chiapas* (2012). These include *cosmosensación* and *cosmovivencia*. Ruiz engages them as explanatory tools in his analysis of Huet Bautista's short story. He proceeds to construct Tsotsil subjectivity as constituted of *ch'ulel* (being), *k'anel* (to want), and *k'uxubinel* (feeling/loving, feeling/thinking), applying them to an analysis of Huet Bautista's short story "Ti slajebal lajele / La última muerte / The last death" (2001).

It would be remiss on my part to attempt to summarize the nature of emerging Mexican Indigenous narratives up to this point. Like all global literatures, they are singularly heterogeneous, marked by many factors, from gender, to regions, to languages in which they are written, to cultural traditions and historical legacies within each of them. Nevertheless, we could still argue that, overall, they have revealed up to this point how native knowledge managed to withstand the Westernizing onslaught implemented forcefully since the beginning of the colonial era by Spanish authorities, and after the nineteenth century by ruling national elites that believed that local Indigenous cultures needed to be Westernized to be saved. They also depict how their ancestral knowledges provided a sense of beingness that enabled them to endure the many social crises and transformations that took place from the sixteenth to the late twentieth centuries. The lingering effects of past traumas are still visible in the Indigenous corpus that began to appear in print in the 1980s. Their work offers a unique gaze into a population that had been relegated into a "third zone between subjecthood and objecthood" (26), in Achille Mbembe's words. It is a world that balances those traditions that configure them against the pressures of Western modernization, which is still reconfiguring zones or enclaves, and subverting existing community and property arrangements without their subjects' consent, as a result of the latest twists of neoliberal globalization.

The first two completed volumes of my research, *Recovering Lost Footprints: Contemporary Maya Narratives* volumes 1 and 2, argue that Indigenous literary production offers evidence that most native peoples have entered modernity without renouncing their respective cultures, or the specifics of their singular identities. Underlying philosophical assumptions enable Western readers to understand their values and ethics, and relate to aspects with which they may identify, such as respect for nature, recognition of the holistic value of natural beings, or the meaning-shaping principles that move their worlds. That is, everything has life, an image, a heart, a spirit, traits shared not only by humans but also by a multiplicity of natural manifestations: according to them, by everything that is alive in the cosmos. The narratives in question explain those beliefs, relationships of kinship, relations with nature, and ways of living within contexts of flux, paradox, or tension, articulating their perspectives while also reconciling opposing forces disaggregating their communities. Their claims are rooted in a sophisticated worldview anchored in complex epistemological articulations, grounded in turn on a comprehensive elucidation of cosmologies. In short, Indigenous peoples' worldviews deviate from those that have become hegemonic in the West.

Both translator Sean Sell and I have found Mikel Ruiz's first novel fascinating as a text. This narrative presents a startling rupture from all previous Maya efforts from either Chiapas, Yucatan, or Guatemala. As stated, Mikel Ruiz represents a new, younger generation of Mexico's Indigenous writers. If this is true age-wise, as well as training-wise, it seems to be startingly so when we analyze the context of this novel now being published in English. Unlike what I have stated of previous Mexican Indigenous narratives, Ruiz's text reproblematizes the nature of peripheral modernity. Basically, he represents technological displacement as challenging the metaphorical stability of his community, unlike what some of the first-generation novelists had configured. Ruiz depicts global capital and the technological turn as a complex manner of reworking and reinventing culture. Some first-generation novelists, such as Bene Xhon novelist Javier Castellanos, Maya Yukateko writer

Jaime Gómez Navarrete, Maya Kaqchikel Luis de Lión, or Maya Q'anjob'al novelist Gaspar Pedro González, and perhaps even Maya Jakalteko writer and scholar Victor Montejo in his first novel, as well as Maya Yukateko fiction writer Sol Ceh Moo in her more historical novels, depicted—for the most part—communal histories that were not ruled by the homogeneous time of Western urban modernity. Instead, they intermingled diverse ancestral histories with singular times that, while informing the identities and subjectivities of their many characters, clashed with the time of the Western-oriented urban Mestizo elites. Their worldviews were clearly different, if not opposed to, the teleological constructions of nationhood that stood for official national histories in both Mexico and Guatemala. Thus, by reading first-generation Indigenous fiction, readers could grasp the simultaneous coexistence of modern and nonmodern conceptions of the world.

Contrary to this tendency, Ruiz implies that a younger generation of Maya subjects has accessed contemporary modern traits through videos, computers, cell phones, or many other technological gadgets, which nullify the geographical and conceptual distance that previously existed between the urban and the rural, the Mestizo and the Maya worlds. These elements have become transformative—mostly in a negative sense—of those ontological traits that differentiated space-time coordinates. If in pretechnological times Mayas were often impeded from participating in the production, distribution, and organization of knowledge due to the aforementioned separations, now they can technically operate within the same virtual space in which modern global subjects do. Technology and globalization challenge the metaphorical stability of the Mestizo nation-state because they are the dynamic new forces transforming it. Yet Maya subjects remain racialized and economically subalternized. This is due not only to the lack of temporal synchronism evidenced by ongoing prejudices of colonialized societies and their long-standing mental frameworks. They are also marked by ongoing critical socioeconomic conditions that have generated political turmoil. This new growing social inequality and insecurity results from global economic restructuring, which in turn intensifies pervasive income and socioeconomic gaps between urban and rural, Mestizos and Indigenous subjects, at the same time that technological gadgets are displacing younger subjects from communal values. Ruiz's novel opens a fresh debate about the nature of Indigenous movements: whether they are decolonial or not, whether there is an existing gap between symbolic and sociopolitical elements within them, and—more importantly—whether both technology and the narcoeconomy have transformed the conditions of possibility for decolonial transformations.

We find all these elements at work in Mikel Ruiz's fascinating text. The novel is divided into five chapters. The first one is titled "Jna'oj ti xava'iune / Sé que me oyes" (I know you hear me). This chapter begins with Pascuala Tsepente' praying. She has tied up her drunken husband Pedro, whom she has served since they were married. She remembers she never wanted electricity, but Pedro insisted on their house receiving electric service when it was first introduced in their region. Pascuala is also worried about their mute daughter Elena. Pedro hated her since she was born, because he wanted a male son. Pedro began drinking at that moment. Pascuala states that he has never done anything to help his daughter.

Their neighbor up the mountain is a seventeen-year-old young man named Ignacio Ts'unun, who lives with his mother. However, he no longer does his field work. He's become addicted to watching porn CDs on his DVD, thus linking him with nonhuman Western practices. Ignacio states that he wants to learn Spanish, dress like Mestizos, and live like them. Still, the text makes evident that this is more a manifestation of impressibility and nonconscious cognition than an exercise of agency. Ignacio posits that Mestizos are more intelligent than Mayas and live a better life, most likely because of their material privileges resulting from the heritage of the Spanish invasion. The chapter's form of representation switches back and forth between the perspectives of both Pascuala and Ignacio.

In this fashion, we learn that Pascuala is concerned that Pedro's time to perform a community task is fast approaching, yet she worries that he will be unable to do so as a result of his alcoholism. Pascuala has stopped respecting him and behaving like a traditional submissive wife. She has decided to apply a radical treatment to cure Pedro of his alcoholism. This is why he was tied up in the first place. Meanwhile, Ignacio—sick and tired of what he considers a miserable life—and knowing that his mother would never willingly let him go, decides to flee his home and head for the city. On the way down the mountain, he runs into Elena, who is bringing her family's sheep back to their pen. Ignacio follows her, and once inside the pen, he jumps on Elena and rapes her. As he flees the scene, he runs into Pedro, Elena's father, carrying wood on his back. Pedro sees his daughter walking up the trail, and mentally counts the sheep in the corral. Most likely, he knew nothing of the rape, but Ignacio is convinced that Pedro will figure out what he did to Elena.

The chapter appears to bring to light the entrenchment of colonialized behavior, interiorized by Ignacio as a sense of Western superiority and self-hatred. However, for Ruiz, this issue is not one that can be simply manifested by Western agency providing new access to high-tech gadgets such as DVDs, iPhones, and so on. Nor, because of the small transformations of the colonialized legacy of racism, would he claim that it is one resulting from the Zapatista uprising, injecting a new political and subjective dynamism in Chiapanecan Maya communities. We know better than that, both from having read the singular sophistication and subtlety of Ruiz's master's thesis, and because it is public knowledge that he has read an impressive amount of twentieth-century Latin American literature, including a series of *Indigenista* texts that appeared in the 1950s, which American critic Joseph Sommers labeled "the Chiapas Cycle." The most famous are Rosario Castellanos's novels *Balún Canán* (1957; *The Nine Guardians*, 1960) and *Oficio de tinieblas* (1962; *Book of Lamentations*, 1997). The cycle included two novels that represented Ruiz's own Tsotsil Maya community, *El callado dolor de los Tsotsiles* (The silent pain of the Tsotsiles) by Ramón Rubín (1949) and *Benzulul* by Eraclio Zepeda (1959). They are all *Indigenista* literature, that is, texts about Indigenous peoples living in the countryside, written by non-Indigenous authors (i.e., Westernized urban Mestizos), in José Carlos Mariátegui's classical definition.[5] *Indigenista* novels all dispossess Indigenous peoples of their subjectivity, reify them to a large degree, and focus more on the exoticism of the Chiapanecan landscape. Against this background, Indigenous peoples are denaturalized even when the multilayered traumas of subjection are represented. These texts never produce the new forms of subjectivity that contemporary Indigenous narratives do. Even though they were written for a Mestizo/Ladino world, the novels in question trickled into the hands of emerging Chiapanecan Indigenous writers.[6]

Mikel Ruiz would not be an author recolonizing his own people by mimicking *Indigenista* novels. Rather, he reconfigures abject subjectivities from within Tsotsil Maya ontology. This contextual framework of nonconscious cognition, needless to say, is expressed differently in the Global North than among Mayas.

To explain a possible Western understanding of this problematic, we could turn to Kyla Schuller's *The Biopolitics of Feeling*. She argues that a subject's body is shaped by the impressions of external stimuli. Yet these nonconscious elements also suggest "agential responsiveness" (7). Schuller names this impressibility—related to sensation, sentiment, and affect—to describe episodes where the "living body is acted on by the animate and inanimate objects of the environment" that leave "a 'mark, trace, or indication'" (6). Schuller contrasts this with "the capacity of a substance to receive impressions from external objects that thereby change its characteristics" (7). Even if she differentiates it from impressionability, that in her understanding "signals susceptibility . . . being easily moved" (7), she recognizes their overlap. Schuller claims that impressibility is regulated by biopower (14), because it explains how bodies bind together, even if we still do not fully understand how subjects are impacted as individuals in different ways by nonhuman technologies. For her, biopower regulates how bodies are influenced in specific habitus. This impinges on individuals in their most basic relationship to themselves, to others, and in exchanges with technologies capable of exercising agency, as well as explaining how influences or behavioral patterns are neither rational, moralistic, nor ideological.

Schuller's impressibility works together well with what Katherine Hayles defines as *unthought*: "nonconscious cognitive processes inaccessible to conscious introspection but nevertheless essential for consciousness to function" (1). For Hayles, there is a nonconscious cognition that "is inherently inaccessible to consciousness, although its outputs may be forwarded to consciousness through reverberating circuits" (27). Nonconscious cognition incorporates bodily markers into readable corporeal representations. Furthermore, Hayles states that nonconscious cognition "discerns patterns that consciousness is unable to detect and draws inferences from them; it anticipates future events based on these inferences; and it influences behavior in ways consistent with its inference" (28). In this sense, "nonconscious cognition is closer to what is actually happening in the body" (28). Thus, if for Hayles, "cognition is a process that interprets information within contexts that connect it with meaning" (22), leading to choices and decisions, "and thus possibilities for interpretation and meaning" (28), nonconscious cognition escapes the latter. We could place Ignacio Ts'unun's behavioral patterns within this juncture.

Needless to say, this is not the explanation offered in "I Know You Hear Me." In chapter 1 of the novel, the narrative voice, the narrative agent in Mieke Bal's terminology, which produces the narrated text, informs readers just before Ignacio Ts'unun rapes Elena that his mind and heart "no se entienden, cada uno trabaja por su lado" (46; Ignacio's mind and heart do not connect, each one works on its own; 84).[7] While raping Elena, it states that "su ch'ulel está fuera de él" (46; his ch'ulel has departed his body; 84). The explanation of Ignacio's behavior offered by Ruiz can be found in these two phrases. Ruiz puts forward the centrality of the *ch'ulel* in both.

For Tsotsil Mayas, everything has a *ch'ulel*. Even books and words. The word *ch'ul* by itself means "sacred." Maya Tseltal sociologist Xuno López Intzin argues that it can be the energy inherent to every human and nonhuman subject, which complements the centrality of the *o'tanil*, the heart, in Tseltal cosmology (Prage 7). For López Intzin, colonization includes the colonizing of the *ch'ulel*, which he explains in Western terms as a form of oppression of thought. Maya Tsotsil scholar Manuel Bolom Pale defines it as "consciousness" (102). He sees *ch'ulel* as linked to the cognitive process. For him, the *ch'ulel* is not born with the individual, but it matures with the subject. It is key to gaining access to knowledge and maturity. When a subject has done so, and is capable of discerning ethically, the *ch'ulel* enables what he calls *k'anel*. Gabriel Salazar cites Maya Tsotsil anthropologist Jacinto Arias in explaining that to reach *k'anel* means that you have fully developed your consciousness. This growth process is explained in phrases used in the Tsotsil community, such as "his *ch'ulel* has not yet arrived" (*mu to xvul xch'ulel*), or his *ch'ulel* has already arrived (*vulen va xch'ulel*), which denote both ends of the process of making the entirety of your *ch'ulel* (*vulesel ch'ulelal*) arrive (Salazar 168). It should be noted that in Maya Tsotsil understanding, knowledge and ethical discernment are associated with the *o'nton*, the heart, and not with the brain or with rational thought.

Pedro Pitarch sees in turn an ensemble of three layers of *ch'ulel*: (1) the *mutil o'tan* (bird-heart), usually addressed as "the bird in our heart"; (2) the genuine *ch'ulel*; and (3) the *lab* (32). The *mutil o'tan* is like a bird living inside our hearts. It is critical for people to live, so the *mutil ko'tantik* (plural version) should preferably not leave the heart, though at times they do go out for a brief stroll, or the person will die. They can also be stolen or eaten. When stolen, if not returned within hours, the person dies. If eaten, the person also dies. The genuine *ch'ulel* shapes a person's character. Memory, feelings, and emotions live inside it. The *ch'ulel* is responsible for dreams, and language begins in it as well. Genuine *ch'ulels* vary from person to person, which accounts for everyone's singular behavioral patterns. Usually the *ch'ulels* of a given lineage reside in a specific mountain on the outskirts of their town or village, where candles are lit for them and where they go upon the death of the *bak'etal* (body). When a body sleeps, the *ch'ulel* always goes out to visit the outside world. It is only problematic when it does not come back, and spiritual healers (shamans) must be called to coax it back. Finally, the *lab* is much like a *nawal*, an animal correspondent for a given individual (Pitarch 33–58). All subjects are born with a *nawal*.

In summary, two short phrases in Ruiz's first chapter "I Know You Hear Me" explain how Ignacio Ts'unun's cognitive activities have surfaced. Ts'unun is integrating complex layers of nonconscious responses in his overhasty cognizance of the artifacts of neoliberal technological stimuli to which he has been exposed, prompting his amoral evolvability. His pornographic DVDs act as agents exercising agential powers over Ts'unun, even if they cannot, of course, signal behavioral preferences to him or display ethical clarifications. Ts'unun is an actor who can make choices. He undoubtedly operates in a fast-changing complex social milieu that has shaken his Indigenous roots and core values. Ruiz does not depict this social milieu but circumscribes his characters within themselves as subjects (he does depict these fast changes in the manuscript of his second novel, *La ira de los murciélagos* [The anger of the bats], published in 2021). Ts'unun's heterosexist behavior may be potentially understood through the sum total of forces acting upon him, simply because we know that nonconscious cognition occupies a much greater volume of any subject's neurological function.

Ruiz has indicated none of that in his text. He contextualizes it exclusively within a Tsotsil Maya ontological framework of cognition where the *ch'ulel* becomes its sole explanation. Indigenous readers would have no trouble understanding Ts'unun's behavior. It is Western readers who may misunderstand the nature of Ruiz's discursive representation. It is on their behalf that I would argue how the *ch'ulel* workings—whereas not at all identical, nor meaning the same thing—could very well correspond to aspects of Schuller's impressibility or Hayles's unthought. They are all forms of nonconscious cognition. Indigenous ontologies may not have included technologies within their framework, yet technologies such as porn videos not only open new areas for ethical reflection but also reconfigure subjective behavior, such as Ts'unun's, in many new and unexpected ways. French sociologist Bruno Latour may certainly be right to signal the complex interactions of human-technical assemblages as transformative entities that impact "ends as well as means" in Hayles's view (37), but, as she also remarks, Latour does not explain how we may "assess the ethical implications of such assemblages" (37).

Chapter 2 is titled "Ta k'atinbak / Al k'atinbak" (To k'atinbak). This term, meaning "burning bones" in both Tseltal and Tsotsil Maya language, is used to define the underworld. Like *ch'ulel*, it should not be confused with simplistic Western equivalents such as "hell." Every subject goes through k'atinbak. It is a stage, or a stopover, on the way to the cosmos. K'atinbak is a symbolic inversion of the Earth. Night and day are reversed. Time goes faster; a year in k'atinbak is a day on Earth (Stross 566). In the underworld men are horses and women are mules, adds Stross. They carry loads of firewood that are actually bones. When they eat, they eat flies that emerge from gravesites instead of beans (Stross 566). It is virtually the equivalent of Xib'a'b'a in the *Popol Wuj*, K'iche' Mayas' sacred book and creation story.

In chapter 2, "To K'atinbak," Ignacio Ts'unun grabs his machete and his *mecapal* (a sack carried by a strap attached to both ends of the sack, placed over the top of the head), and heads out. After walking for a while, he stops at the foot of an oak tree. He overhears Pedro and his friend Salvador talking. Ignacio waits. After Pedro resumes walking, the narrative voice switches to him. Pedro feels that someone is following him. He stops to look, but something hits him in the neck at that very moment. It was Ignacio, readers find out as the narrative voice switches once more to his perspective, who then dragged him into the woods with a rope tied to his neck, beating him up along the way. He will then hang Pedro from the branch of an oak tree.

The chapter then jumps still once more to Salvador telling what he had experienced. His lips were trembling, and he had a frightened look. Salvador said he had gone out to collect extra firewood. He noticed an abandoned pile of firewood by a tree. Salvador went to report it to the police station. He was there when Pascuala arrived, worried that Pedro had not returned home. A search party was formed to look for him. They only found Pedro's hat. Finally, they had to suspend the search. The following morning, they went back out. They found Pedro dead, hanging from the oak tree where Ignacio left him. At the end of the chapter we learn that Salvador was telling his account precisely to Ignacio. We are told that they both were in Jobel—"place in the clouds" in Tsotsil Maya—the largest city in the highlands, known to Westerners as San Cristóbal de las Casas. Ladino residents of this Chiapanecan mecca of pride in Spanish lineage, fought Tsotsils from Chamula in 1869. No historical references to this episode are made in the novel. Mikel Ruiz, however, is conscious of this history, and interested in it as a possible topic for another novel.[8]

The structural breakdown among narrators, the switching back and forth between subjective perspectives, the fracture between narrative discourse and story breaking the events located on a temporal continuum, will continue throughout the text. These deviations in narration from the temporal order of events contribute to signal the fast-changing complex social milieu without ever naming it. They establish a lack of congruity between the imagined order of the community in a period anterior to the time of the narration and the one with the basic premises of neoliberal capitalism in Mexico at the time when the novel is purportedly taking place. These ruptures interrupt the time flow and the space coordinates (when we finish chapter 2 we have no clue as to why Ignacio and Salvador would be meeting in Jobel, for example) by anticipating what will take place in the future—not just in terms of time, but also in those of space—or by informing readers retrospectively what already took place (and in which space). They may also be intrinsic, as when Elena recalls what her mother told her in chapter 3 as she walks in the direction of Ignacio's house, or extrinsic, when it is not the mind of a character that evokes the temporal rupture, but rather this happens as a result of the splicing and editing of the narrative voice.

Indeed, extrinsic ruptures are only missing from chapter 3, "Ch'ayel / Extravío" (Astray). Yet in between two descriptive passages of Elena's trip, going up the mountain to Ignacio Ts'unun's house, her mother's discourse appears as an intrinsic breakdown of time. It is almost a phantasmatic discourse that conveys what Elena's mother, Pascuala Tsepente', may have stated when she alluded to Elena's asking for "it," meaning having sex with Ignacio, and, consequently, telling Elena to head out and look for the perpetrator. We do not know when or where her mother told her to go and look for Ignacio, or even if she did at all, or if Elena was imagining what she could very well have said. As readers, we can only presume that it is possible Pascuala blamed Elena for getting raped. Noticing Elena was pregnant, she wanted Ignacio to pay for the baby's upkeep. Yet so much is implied that it is impossible to assert as readers what indeed took place, and what was imaginary, even if we do know the rape was very much real and that these actions have equally real consequences for victimized subjects. The temporal and spatial axes have broken down, making it nearly impossible to establish a chronology or to fully situate the characters. In my understanding, both—the breakdown among narrators telling figments of what happened in moments that may be months or years away from when the episode took place, and in distant spaces such as Jobel—are the principal means by which Ruiz represents the breakdown of traditional communal values. It should be noted also that these are never explained in the text either. They are a phantasmatic presence that hovers around the narrative like a *ch'ulel*, yet are never addressed or made explicit. Maybe there were never any traditional communal values to speak of. And yet, older characters like Pedro and Pascuala act as if there were, and worry about fulfilling those very duties. We had learned in the first chapter that Pascuala was concerned that Pedro would soon have to perform a community task, and she reflected on how much she preferred communal life before electricity came to the region.

In chapter 4, "Ch'ayemal nichnabiletik / Los hijos errantes" (The errant children), readers presume the characters depicted are present and acting in the communal time-space depicted previously. They are also characters we had not seen before: Lorenza and Manuel. Yet the narrative voice does not explain who they are or where they are. As readers we only know Lorenza's hair has vanished. She asks Manuel what happened. As readers, we still do not know the relationship between these two characters. After she asks Manuel, the narrative voice states: "Las preguntas se deshacen en el aire, en la suave oscuridad del amanecer; si su padre siguiera vivo estarían en la montaña recogiendo leña" (62; Her questions vanish in the air, in the soft darkness of dawn. If his father were still alive, they would be in the mountains collecting firewood by now; 100). Spanish has gender inflections. Yet the phrase *si su padre* lacks gender markers. So, it could be read as either his father, or her father. As readers, we are mystified in terms of who is thinking this. Is it Manuel or Lorenza? We do learn soon afterward that it was him, because Manuel thinks of "his wife."

The issue in the sequence described previously is that the narrative voice continues breaking down perception and subjectivity. Its discourse alternates continuously between an internal and an external positionality. Thus, as readers, we may at times observe a character from the outside and then have sudden access to the character's inner thoughts and feelings, or vice versa. Yet these transitions are singularly abrupt. They throw off a reader's comprehension of the actions, on top of displacing time and place as previously indicated. Since the formal aspects of any given literary text cannot be deconstructed separately from the problematics of content, context, gender issues, or racial history, among others, readers are forced to interrogate the text regarding the kind of human experience and the variable forms of human subjectivity it is attempting to depict.

In my understanding, what all these narrative maneuvers ultimately achieve is to obscure information about the nature of the community as such. Readers may ultimately both comprehend the action that is taking place, or understand which characters are saying or doing what. Yet they are unable to collect information about the community itself, outside of extremely few peripheral details: some of its members, like Pascuala, resented the introduction of electricity, which obviously is a recent development, since it happened not only in her lifetime but also when she had already married Pedro. Firewood is gathered for heating and cooking. A few individual members, mostly young, have access to modern technological gadgets such as TV or DVDs. Some, as Pedro would have, had he not been murdered, performed customary cultural obligations, though what they consist of or what the titles for some of these roles may be are never explained or even mentioned.

Because readers cannot gain access to information about the community and its traditional perspectives—their spiritual or religious significance, the individuals' role in protecting and maintaining the spirituality, or the responsibilities and obligations that ensure the survival of the natural world—the most they can do is make a few conjectures about it, such as those previously listed. Readers will also notice how the narration differs from one written by a writer from the Global North anchored in Eurocentric perspectives. For example, there appear to be little qualitative differences between subjects and objects in the unfolding narration. Discursively, textual subjects are barely visible. Because the enunciating discourse limits the characters' ability to acquire distinctive qualities that make them recognizable for readers, these subjects in turn fail to become objects of information about the nature of their community. As readers, we are at most exposed to young persons' discontent with its nature. With what it has stood for. The novel thus becomes, in its literary form, a model in which there is so little knowledge provided about what would traditionally be called the "setting" in its narratological space that the readers' task of gaining a basic understanding about the nature of the community, interpreting its nature or composition, or else the feelings and personal characteristics of those subjects that configure it, whether from within their own particular perspective or worldview or not, is thwarted. The text operates almost like a film in which the camera would never offer its viewers any long shots or even medium shots, but was made exclusively of strobic close-ups. It is a perspective that acutely communicates the intense sense of claustrophobia and discontent that the characters experience in their given environment to the very act of reading.

In chapter 4, Lorenza begins to go crazy with the sudden disappearance of her hair, and her desperation is not only conveyed to Pascuala Tsepente', whose sole mention indicates to readers that she is somehow related to that other couple—Lorenza and Manuel—but we are told that his words "salen convertidas en espinas de cardos que arañan los oídos de Pascuala" (62; become thistle thorns that scratch Pascuala's ears; 100). We learn soon after that Manuel's change of behavior has manifested since he returned from Jobel. To avoid further trouble, Pascuala hides a machete she has found on the patio, while thinking that her son (101; thus, readers learn only at this late stage of the text that Manuel is Pascuala's son, Elena's brother; the narrative voice had not mentioned this before) has become a violent person. She adds that before, he was obedient and respectful, "como quien tiene completa el alma" (63; like someone with a complete soul; 101). The giveaway is the word *alma* (soul). It is a limited, a bad translation of *ch'ulel*, but it is common to translate it in this fashion. Indeed, in the original Tsotsil, the word deployed is *xch'ulel*. The entire phrase reads, "k'uchal junuk kerem julem xa lek *xch'ulel*" (24; my emphasis). As in the beginning of the text, this character has also lost at least some parts of his *ch'ulel*. It is no longer a full package, as when he was obedient and respectful, like a car engine that has broken down because some of its parts, the valves or the alternator, have malfunctioned. The text ratifies the sense of claustrophobia and discontent as resulting from the loss of the *ch'ulel*. At the same time, and despite the scant information offered readers about the nature of the community as previously argued, we do know that *ch'ulels* can only flourish within a harmonious and well-functioning community. As indicated previously when explaining this category, *ch'ulels* can be colonized as well. If this was the case with Ignacio, it is also with Manuel. Interestingly, it is mostly the males who run into trouble with their *ch'ulels*, though Pascuala also does in this narrative.

Indeed, the loss of Manuel's *ch'ulel* is confirmed a few pages afterward, when Pascuala's thoughts inform readers that Manuel was brought back "moribundo" (65; a dying man; 103) from Jobel by his uncle. The text adds, "Llamamos al *ilol* para curarlo del espanto, de los malos aires y las malas palabras de los *kaxlanetik*, porque sus pensamientos ya no eran los mismos" (65; We called an *ilol* to cure him of his horror, of the evil airs and evil words of the *kaxlanetik*, because his thoughts were no longer the same"; 103). An *ilol* is a spiritual guide, or shaman. *Kaxlanetik* literally means "foreign peoples." It was used to address Spaniards in colonial times. It is still used to address Criollos, Mestizos, insensitive or pretentious Western subjects who settle in Maya territory. It is a loaded, derogatory term. Those addressed by this epithet are thought of as good-for-nothing usurpers in the best of cases. In Pascuala's case, she is referring to Mestizos—persons of mixed Indigenous and European blood who, nonetheless, consider themselves "white," embrace Eurocentric attitudes, and discriminate against Mayas—living in Jobel. Pascuala adds, "A nuestro hijo le cambiaron el corazón, a nuestro hijo le cambiaron la mirada" (65; To our son whose heart they changed, to our son whose vision they changed; 103). Since the heart is where the *ch'ulel* resides, and the latter is linked to cognition, energy, and maturity, these lines reinforce the transformation of Manuel's behavior as having a direct connection to the loss of his *ch'ulel*. After the ensuing fight where Manuel threatens Lorenza and confronts his mother, she states it clearly: "*Ya no tiene* ch'ulel" (66; Now he [Manuel] has no ch'ulel; 104). Immediately afterward, trying to protect Lorenza, she will scream at him, "¿Dónde quedó tu *ch'ulel* que actúas así?" (67; Where is your *ch'ulel* that you act this way?; 104).

In both enunciations, Pascuala utters the Maya word in the Spanish translation for greater emphasis, instead of disguising its powerful meaning behind the insipid term "soul" with its moralistic Christian connotations. Pascuala herself will soon lose her own *ch'ulel*, and the term will again be explicitly uttered by the narrative voice in free indirect speech.

Ultimately, Mikel Ruiz's novel is about what happens to those Maya Tsotsil subjects who renege on their culture and abandon their community. As anyone can anticipate, even before reading the text, this path is a destructive process. It leads to a loss of the *ch'ulel*, which stands metonymically for the destruction of both identity and community.

What happens to the characters in this brilliant text is the opposite of *Lekil kuxlejal*, Maya Tsotsil's good living, a phrase that

Ruiz himself incorporated in his master's thesis title and was the critical category he deployed to analyze Nicolás Huet Bautista's writings. By "good living," *Lekil kuxlejal* implies a dignified collective life. It is connected to a specific territory and to an ongoing spiritual practice that incorporates humans with kin, animals, and Earth-beings into an organic unity. Earth-beings are animate entities—mountains, hills, springs, caves, valleys, rivers, and the like—that share a reciprocal or complementary relationship of care with a given Indigenous community, with which they partake within an integrated eco-space. This connection enables both humans and other-than-humans to contribute to their joint well-being. Spiritual guides, otherwise known as shamans, know how to communicate with Earth-beings. These, in turn, protect, animate, and offer strength to the community. It is a world thought and lived differently. One that challenges modernity ontologically to unsettle the racialized effects of Western-centered neoliberalism.

Yet because Indigenous communities resulted from both Spanish colonization and its implementation of racial categories to separate invaders from invaded, and the modes of production of global capitalism continue to be organized by the racial matrix sustaining the coloniality of power, it is also a hard life. One bound by racialized subordination. It is a life ruled over in absolute lawlessness by Eurocentric nation-states that, embodying coloniality, reproduce the racial bonds between conquerors and natives. Mariana Mora analyzes three tropes that define indigeneity and racialization in her book *Kuxlejal Politics* (2017). They are the infantilization of Indigenous peoples and their communities, the role of the peon or servant as the naturalized space of Indigenous peoples, and the representation of Indigenous bodies as inherently deficient (16). For Mora, "these three tropes operated as overlapping racialized disciplinary mechanisms that continued to circulate through the apparently color-blind neoliberal policies" (17) implemented in the first decade of the twenty-first century, in the wake of the Zapatista uprising in 1994. We can recognize those three tropes in the characters populating *The Errant Children*.

The decolonial critique of coloniality/modernity as an epistemic and ontological configuration of social ordering and *othering* may indeed be powerful, as Karsten Schulz argues, yet by itself, it does not alleviate the material conditions in which subalternized and racialized subjects live. As Cameroonian philosopher Achille Mbembe states in "Necropolitics," in the eyes of the conqueror, the worlds of native peoples in the Global South is that of human beings who lack what they themselves consider to be specifically human. It is "a horrifying experience, something alien beyond imagination or comprehension" (24). When racialized subjects begin to see themselves from within the optics and perspective of the Western *ego conquiro*, they may in turn see themselves in such a way. This is the case of Mikel Ruiz's young characters in *The Errant Children*. Ignacio or Manuel are young male subjects with low self-esteem, victims of innocence and sleaze, who cling to a fantasy lifeline that is only a booby trap: Jobel. For them, the city is their only salvation. If they abandon their Tsotsil community and move to this city on a hill, they will no longer be disposable beings caught between subjecthood and objecthood. Ignacio and Manuel do not fathom that they cannot easily sever themselves from a community whose values and understanding of the world are inscribed in their subjectivity, however unconsciously this may be, nor do they realize how much they will have to transform their own beings to scrape up a life in the racialized periphery of this city—San Cristóbal de las Casas—founded in 1528 by Chiapas's Spanish conqueror, Diego de Mazariegos, with the name of Villa Real, also known as "Chiapa de los Españoles" (Spaniards' Chiapas). It is no wonder that for a Tsotsil Maya living in abject conditions in the conquerors' city, the experience could only be described as losing one's *ch'ulel*, as Pascuala Tsepente' did with Manuel. Not understanding their racialization, or how the image of their very own bodies triggers in the eyes of *kaxlanetik* the racialized stereotype of cultural degeneracy that they want to escape, both Manuel and Ignacio confuse what Jobel is or stands for. They ignore the fact that it became the Spanish capital of the province, a role it held for 364 years. The configuration of a "Chiapa de los Españoles" and a "Chiapa de los Indios" (Indians' Chiapas) separated Spaniards and Indigenous peoples from the very start. For Ignacio and Manuel, the city is merely a large reservoir of erotic fantasies fed by Eurocentric cultural imaginaries projected through new technological means such as computers or DVDs, ones that also facilitate new ways of exercising biopower. Ignacio and Manuel do not see Jobel as Frantz Fanon described cities and towns from colonies and ex-colonies: "The town belonging to the colonized people . . . is a place of ill fame, peopled by men of evil repute. They are born there, it matters little where or how; they die there, it matters not where, nor how. It is a world without spaciousness; men live there on top of each other. The native town is a hungry town, starved of bread, of meat, of shoes, of coal, of light. The native town is a crouching village, a town on its knees" (37–39).

Unfortunately, once they live in Jobel, both Ignacio and Manuel will discover much to their regret how they are engulfed by those very conditions Fanon described. *Kaxlanetik* would not hire them, they would laugh at them, request paperwork they could not provide. Women ignored them. Lacking both income and the means to make a living, they could only enter bars in the outskirts of the city reserved for Indigenous men, where they occasionally tried to touch cheap Maya prostitutes they could not afford. These are situations where cutting a woman's braids as Manuel did to Lorenza and trying to make her wear lipstick and short denim skirts, or dyeing one's hair blonde as a few Maya prostitutes did, cannot transform. The result of this alienating experience, no longer belonging in one's Maya community yet unable to even gain access to the margins of the *Kaxlan* world, is indeed the terror that

Pascuala saw in Manuel's eyes when he was brought back to his Tsotsil community from Jobel. It is the same terror that, toward the end, makes Ignacio want to forget that he is a Chamula and makes the decisions that conclude the text. In both cases, the text captures the gaze of an innocent individual who discovered much to his regret that he was submerged in an urban death-world.

New knowledges—however unconventional they may be—always have a transformative impact. Social, cultural, and human boundaries always realign themselves. The arbitrariness of established racial barriers always has consequences for those victimized by them. The peripheries of colonialized cities are not a human world. They are the repressed topographies of cruelty; those areas, zones, and enclaves where the violence of the state operates at the service of "civilization." As Mbembe argues and Ruiz magnificently represents in his first novel, in colonialized spaces where neoliberalism rules, the function of racism consists of regulating the distribution of death and exercising the capacity to define who matters and who does not, who is disposable and who is not.

Arturo Arias is the John D. and Catherine T. MacArthur Foundation Emeritus Professor in the Humanities at the University of California, Merced. His publications include *Recovering Lost Footprints: Contemporary Maya Narratives. Volumes 1* (2017), and *2* (2018). *Taking their Word: Literature and the Signs of Central America* (2007), *The Rigoberta Menchú Controversy* (2000), *The Identity of the Word: Guatemalan Literature in Light of the New Century* (1998), *Ceremonial Gestures: Central American Fiction 1960–1990* (1998), and a critical edition of Miguel Angel Asturias's *Mulata* (2000) among others, including seven novels and co-writing the script of the film *El Norte*. He is a 2020 Guggenheim Awardee, twice winner of the Casa de las Americas Award, the Ana Seghers Award for Fiction in Germany, and the 2008 Miguel Angel Asturias National Award for Lifetime Achievement in his native Guatemala.

Notes

1. Enrique Pérez López, personal communication, Tuesday, 2 Apr. 2013.
2. Ibid.
3. "La extensión educativa de la Unidad de Escritores Mayas Zoques, A.C. (UNEMAZ)," by Jmaltin Kontsal K'aal (Martín Gómez Ramírez), Tzeltal cultural organizer from Abasolo, Ocosingo, published in the blog of the Encuentro de Creadores y Promotores Culturales Independientes (Conference of Independent Creators and Cultural Organizers) organized by CELALI, posted 1 Nov. 2006, http://encuentro2006-celali.blogspot.com/2006/11/la-extensin-educativa-de-la-unidad-de.html. Accessed 26 Nov. 2012.
4. Enrique López Pérez, personal communication, Tuesday, 2 Apr. 2013.
5. *Siete ensayos de interpretación de la realidad peruana* by José Carlos Mariátegui, originally published in 1928.
6. "Los días terrenales: Breve reflexión sobre la narrativa indígena de Chiapas," published in the Ignorante Ilustrado blog, in the *Escritores esquizoides del siglo 21* (Schizoid writers of the twenty-first century) forum, on Tuesday, 22 Feb. 2011, http://ignoranteilustrado.blogspot.com/2011/02/breve-reflexion-sobre-la-narrativa.html. Accessed 26 Nov. 2012.
7. Here and following, pages cited for quotations from Mikel Ruiz's *Ch'ayemal nich'nabiletik / Los hijos errantes / The Errant Children* are for the present volume.
8. Personal communication, conversation with Mikel Ruiz, Jobel, Chiapas, 6 Aug. 2017.

Works Cited

Arias, Arturo. *Recovering Lost Footprints: Contemporary Maya Narratives. Volume 1*. State U of New York P, 2017.

———. *Recovering Lost Footprints: Contemporary Maya Narratives. Volume 2*. State U of New York P, 2018.

Bal, Mieke. *Narratology: Introduction to the Theory of Narrative*. U of Toronto P, 2002.

Bolom Pale, Manuel. *K'anel: funciones y representaciones sociales en Huixtán, Chiapas*. San Cristóbal de Las Casas, Mexico, Sna Jtz'ibajom, 2010.

Fanon, Frantz. *The Wretched of the Earth*. Translated by C. Farrington, Grove Weidenfeld, 1991.

Hayles, N. Katherine. *Unthought: The Power of the Cognitive Nonconscious*. U of Chicago P, 2017.

Latour, Bruno. *Reassembling the Social: An Introduction to Actor Network Theory*. Oxford UP, 2007.

Mariátegui, José Carlos. *Siete ensayos de interpretación de la realidad peruana*. Serie Popular ERA, 1979.

Mbembe, Achille. "Necropolitics." Translated by Libby Meintjes. *Public Culture*, vol. 15, no. 1, 2003, pp. 11–40.

Mora, Mariana. *Kuxlejal Politics: Indigenous Autonomy, Race, and Decolonizing Research in Zapatista Communities*. U of Texas P, 2017.

Pitarch Ramón, Pedro. *Ch'ulel: Una etnografía de las almas Tzeltales*. Fondo de Cultura Económica, 1996.

Prage, Lovisa. "*Lekil Kuxlejal*: An Alternative to Development?" Field Work Report, Department of Sociology, Lunds Universitet, Scania, Sweden, 2015.

Ruiz, Mikel. *Ch'ayemal nich'nabiletik / Los hijos errantes*. CONECULTA, 2014.

———. *La ira de los murciélagos*. Camelot América, 2021.

Salazar, Gabriel Herrera. "El pensamiento filosófico de los mayas antes de la invasión." Universidad Nacional Autónoma de México, PhD dissertation, 2015. http://132.248.9.195/ptd2015/junio/0731252/0731252.pdf.

Schuller, Kyla. *The Biopolitics of Feeling: Race, Sex, and Science in the Nineteenth Century*. Duke UP, 2018.

Schulz, Karsten. "Decolonizing Political Ecology: Ontology, Technology and 'Critical' Enchantment." *Journal of Political Ecology*, vol. 24, no. 1, 2017, pp. 125–143.

Sommers, Joseph. "El ciclo de Chiapas: nueva corriente literaria." *Cuadernos americanos* vol. 133, no. 2, 1964, pp. 246–261.

Stross, Brian. "This World and Beyond: Food Practices and the Social Order in Mayan Religion." *Pre-Columbian Foodways: Interdisciplinary Approaches to Food, Culture, and Markets in Ancient Mesoamerica*, edited by John Staller and Michael Carrasco, Springer, 2010, pp. 553–576.

www.ingramcontent.com/pod-product-compliance
Ingram Content Group UK Ltd.
Pitfield, Milton Keynes, MK11 3LW, UK
UKHW041707180825
461986UK00017B/832